漫遊星河奮鬥錄

花鈴——著

Content /目錄

楔子　突來的綁架

故事就是從這裡開始的。

那天是個風和日麗的早晨，燦金色的太陽潑灑而下暖和的光輝，徐徐的風從窗戶吹拂進來，繫在窗簾上的風鈴發出清脆的聲響。

叮叮叮叮叮——急促的鬧鈴響了起來。只見床榻上那一團棉被中，一隻纖細白皙的手伸出來，摸索許久，本想關掉鬧鈴，沒想到手勁過大，直接將放在床頭上的鬧鐘打落。

好巧不巧，少女的頭正鑽出棉被，鬧鈴不偏不倚掉落在頭頂上。

「唔！」黑髮少女揉了揉被敲疼的腦袋，巴掌大的臉倒向枕頭繼續睡。反正等哥哥叫她起床。

這是歷年來的習慣，叫她起床的總是哥哥，而不是鬧鐘，儘管如此，賴床的她還是把鬧鐘當作花瓶的擺設。

三……

二……

一……

少女在心中默數，以往數到一後，哥哥會推開房門走進來，掀開她的棉被，在耳邊大吼：起床啦！

這次遲了一至兩分鐘左右都沒有聽見開門聲音。她睜開惺忪的睡眼，耳朵聆聽房門外的聲響。好安靜啊，這時間沒有抽油煙機的聲音。今天是周六，剛放暑假，高中生不用上課，哥哥會早起準備兩人份早餐的。自從父母車禍過世後，她和哥哥相依為命，兩人互相協助，住在十幾坪空間的老舊公寓內。

噠噠噠——

門外傳來了腳步聲，少女起先以為是哥哥，但仔細一聽，是很多人的腳步聲音，很像皮鞋落在磁磚上發出叩叩叩的清脆聲響。

不對不對，這間明明只有她和哥哥兩人居住，哪來那麼多人？難道是哥哥的朋友來了？

少女掀開棉被的同時，窗戶處發出破裂聲響，一陣強烈的風湧進屋內。不知何時，兩名穿著白色西裝、領口別個黑色蝴蝶結的男人手壓窗緣，俐落地翻躍進來。

皮鞋落在滿是碎片的地上發出啪嚓聲音，少女先是呆住，聽見房門被用力撞開，頓時反應過來，放聲大叫。

「啊啊啊啊，你、你你們是誰?!」

走在前頭、配戴白色墨鏡的男人拿著一台黑色機子，充耳未聞少女的尖叫，抬頭望了幾眼。

——黑短髮、黑色眼睛，身高一百六十五公分，體重四十五公斤，雙魚座，B血型……彩色基因螺旋緩慢的旋轉。

白墨鏡男掃了幾眼少女平平的胸口，手指在機子銀幕點下確定。

「目標確認，戚冬宇，終於找到你了。」白墨鏡男使個眼色給不知何時站在少女身後的同夥。

少女全身緊繃，抱在懷中的萊恩布偶都快被勒死，看得出來惶恐不安。

苗頭不對！少女使出吃奶的力氣把布偶往走過來的男人扔去，三兩下跳下床直奔門口。

其中一名男人見她想逃跑，長腿一伸絆倒少女。

「哇啊！」少女狼狽地趴在地上，下巴重重撞擊在地板，痛得她頓時無法爬起來。

「讓她安分點。」白墨鏡男從口袋拿出一根滿滿透明液體的針筒拋給抓住少女的屬下。

少女拼命掙扎，無奈有三個男人壓制住自己，根本動彈不得，受傷的下巴一而再再而三因為掙扎撞擊地面。

白墨鏡男手壓耳垂，聆聽通訊器內的聲音。他壓低聲音催促：「快點，我們要在雷迪家族的人來之前帶走她。」

臀部一陣刺痛，少女瞪大眼睛，錯愕地看著針筒刺進屁股。不到幾秒鐘，眼皮沉重如石頭。她用力咬破了嘴唇，想藉由痛楚清醒神智。

視線遠望空蕩蕩的客廳，沒有半個人。

哥哥呢……？

他們是誰？

腦海最後剩下兩個不得其解的問題，黑暗鋪天蓋地席捲雙目，她的頭輕輕倒向地板，沉睡了過去。

第一章　優良的遺傳基因鏈

寬敞的臥房內採用淺灰色壁紙，局部邊框綴著金色線條，男人坐在暗紅色的沙發品嚐紅酒。房間主色為冷色系，衣櫃及書桌邊緣塗以明亮的米白色，窗台放著藍色的花瓶。

這一系列的冷色調可以平靜心神、放鬆心情，讓人感覺豪華氣派且高雅。

偌大的螢幕滴滴答答跑著密密麻麻數據，男人切換視窗，手指按著滑鼠玩起接龍遊戲。

銀幕角落傳來叮咚一聲，一封訊息跳出來。他點開閱畢，眉頭擰成川字。

同時間，一抹水藍色光芒凝聚在直立式銀幕旁邊，光暈勾勒出女孩婀娜多姿的姿態，一雙白皙玉腳輕踏在淺灰色地毯。

光暈漸退，粉白色的曳地長裙隨著步伐緩緩移動。

女孩恭敬地向坐在沙發的男人禮貌行禮。「加穆殿下，派去地球的部隊已經回來，戚冬宇下落不明，根據現場的線索，很有可能是赫威家族先行一步劫走。」

女孩的聲音如水滴般，清澈透亮，且不嬌柔造作，隨著低頭垂落的水藍色髮絲在頰旁劃出一道炫麗的弧度，彷彿是藍天白雲最美麗的搭配。

翹挺的鼻梁、豐滿的雙唇、典型的鵝蛋臉，是張靚麗的美貌，就像雕刻出來最精緻的洋娃娃。

「洩漏秘密的是誰？」

「兵器軍團A—11支隊，編號232，第一時間已經將他處死。」

男人煩躁地放下紅酒杯，杯中液體稍稍濺了出來。這件事情對他們雷迪家族來說很重要。

自從「宿」病毒的出現重創他們家族，連帶影響生育力衰落，至今一直尋找能改變龍族的基因，直到星歷五〇〇〇年，中樞母腦發現地球有個優良基因能改善雷迪家族的基因鏈，因此派人帶回來，想研究對方的基因鏈，看能否補強雷迪家族的基因。

沒想到消息走漏，讓另一大家族——赫威捷足先登。

女孩那雙金色鳳眼掠過一抹藍光，開口說：「伊維塔少爺回來了。」

話聲剛落幾秒，門口傳來頗有節奏的腳步聲。門緩慢的推了開來。一名身材高挑的黑髮少年佇立在入口，那頭黑髮被風吹得有些亂，右眼角有顆痣，右耳垂則有枚專屬雷迪家族的龍圖騰耳環。

他右手壓著牆，左手指上戴著昂貴的純銀戒指，輕輕敲打。

「父親，發生什麼事情嗎？」鮮紅色眼眸沉靜如水，他剛回來就聽說派去地球的兵器軍團A—11支隊被處死了，大概猜得到為何被處死，但後續結果並不清楚。

藍髮女孩看見黑髮少年時，一絲不茍的面容露出一抹淡笑。

「沒帶回戚冬宇。」

聽見沒帶回目標人物，伊維塔內心不由鬆口氣，儘管輕鬆，卻抵消不掉藏在心底那份憂慮。

雷迪龍族是哈貝爾星系最大的權貴世家，自從宿病毒影響生育力後，他們能力逐漸下滑，不只有雷迪家族，連其他三大家族——戴斯、尤金、赫威，都很難誕下雌性，沒有雌性繁衍，就沒有後代，現在哈貝爾星系女性稀有，極為珍貴。

儘管他目前不想要繁衍下一代，但能拖多少年？重大問題疙瘩在心中，只會累積煩惱。

「伊維塔少爺，戚冬宇落入赫威家族手裡。」女孩機械般的聲音穿透伊維塔的思緒。

聽見中樞母腦說的話，伊維塔神色一緊，不由挺直背脊，看向沉默不語的父親。

他轉頭看向女孩，「愛莉佩絲，此話當真？」如果是真的，這下子不妙了，赫威家族等於拿到了一張免於種族滅亡的金牌。

「千真萬確。」

「愛莉佩絲，跟我去趟赫威家。」加穆匆匆起身，拎起西裝外套往外走。忽然止步，朝伊維塔拋下一句話，「你不用去，這件事情父親會處理，你只要好好讀書。」

伊維塔嘆口氣，沉默地望著父親漸行漸遠的背影。

※※※

淡淡的柑橘香味縈繞鼻間，戚冬雨覺得渾身痠痛，昏迷前挨了一針，然後就沒有知覺了。

她反覆動了動手指，睜開雙眼。她發現自己躺在一張舒適的床上，房間是杏色背景，右手方有一個大櫃子、一張小型紅色沙發及茶几，左手方則是一張直立式的玻璃鏡面，天花板漂浮著一顆銀色球形物體。

漂浮的球形物體?!

戚冬雨瞬間力氣都回來了，翻身坐起，瞪大眼睛看著疑似幽靈飄移的球形物體。

慢著，這是遠端遙控的吧？就像遙控飛機那樣啊！哪個死小孩玩遊戲機想嚇死誰啊！

戚冬雨安慰自己，頭頂上方的其中一顆球形物體咻的移動到她面前——

「哇啊！」

「滴滴滴。」銀色球形物體伸出兩根細長的天線，外殼緩緩滑開兩扇裂縫，一雙白色眼球眨呀眨地與她對眼。

「哇啊啊啊！鬼啊！」第一次看到有白色眼球、會動的球形物體，戚冬雨無法控制尖叫聲，連帶嚇到推門而入的男子。

穿著一身昂貴高級西裝的男子登時愣在原地，任誰都會被少女殺豬般的叫聲給嚇到。

戚冬雨看向出現在房間的男子，張著嘴巴沒有再叫。這個人看似三十好幾，兩道擰起的眉毛粗且濃，渾身散發一種嚴肅冷硬的氣質。

他冷冷地瞪著她。戚冬雨被陌生男人盯了好一會兒，也覺得心裡毛毛。

這種時候誰會被一個成熟帥氣的男人盯著還會臉紅？

她看著男人緩步走來，站定在面前，插在口袋裡的兩手伸了出來，在銀色球形物體按了幾下，一顆紅白膠囊從洞口掉出來，落在他掌心。

「吃。」

戚冬雨嚥了嚥口水，拒絕接受。

男子用著複雜的眼神對她全身上下打量一番，戚冬雨心裡很納悶，有很多問題想問。這個時候肚子咕嚕叫了幾聲，她尷尬看了他一眼。

「沒有毒，吃了會有飽足感。如果妳不想要餓死，看不見妳哥哥，妳大可以去死。」

說到哥哥，戚冬雨激動地說道：「我才要問你們，為什麼突然把我帶走？這裡是哪？」

男子用著銳利的眼神盯住她，戚冬雨在他凌厲的目光下，將膠囊放入口中。如果這人真的想要她死，她早就死了吧。

「……咦，漢堡的味道。」因為太緊張了，她不小心把膠囊咬開，以為會吃到苦苦的藥粉，卻是熟悉的食物味道。

就在戚冬雨滿腹疑問想說，男子先行問道：「妳知道妳哥哥去哪了嗎？」

「我是赫威家族的大家長，艾加倫。我們也想找妳的哥哥——戚冬宇，妳哥哥擁有我們需要的『東西』，當然，妳也有。」

「『東西』？」戚冬雨聽得出來就是因為這個「東西」才讓她被綁來這裡。

艾加倫在另外一顆漂浮的銀色球形物體按了幾下，一幅虛擬投影畫面投射在戚冬雨正對面的牆壁。

她所處於的世界是存在於太陽系外的星系——哈貝爾星系，屬於A等優良文明，所謂的A等優良文明是指生物種都擁有人類體型、優良的基因、完美的體格，一代隨著下一代越來越強大，中樞設有高規格的空間壁壘，抵擋來自其他星域的負物質，不同於B等或C等文明的低等生物，基因無法進化，也無法透過吞噬其他生物種進化。

在A等文明的宇宙中，存在宇宙的四大領主，地域領主、空間領主、時間領主、生命領主。哈貝爾星系或其他星系都曾留下四大領主的遺跡，證明這些傳說存在，而這些領主也留下它們的後代。

其中，掌管靈魂繁衍的生命領主曾經造訪地球，這就是為什麼戚冬雨和哥哥身上有生命領主的基因，讓哈貝爾星系的人民趨之若鶩的優良基因。

看完投影片的內容，戚冬雨渾身不對勁摸著自己的身體，生命領主的基因？她怎覺得自己是個平凡人類啊！

不對，自從甦醒後明明餓得前胸貼後背，可是艾加倫還沒給她藥吃前，她的飢餓現象變得沒那麼明顯，身體逐漸充滿活力。

身體有股源源不絕的力量支撐，不依靠艾加倫給的藥。難道真的變成外星人？

戚冬雨沒有意識到把心中的話說出來，聽到艾加倫的回應，她還愣了一下。

「嗯……算吧，對我們哈貝爾人來說，地球人也算外星人。把妳帶回來後，我們檢查妳的身體，而這個星系富含強烈的星能量也開啟妳體內的鎖，那把鎖就是生命領主固有的基因，妳本身就有這個能力，只是地球沒有星能量物質，缺乏推進力。」

「妳可以看看自己的頭髮。」

戚冬雨聞言，看向牆面的鏡子，黑色髮絲摻和明顯的櫻花粉色，甚至有珠光的色澤出現。

簡而言之，就是來到這裡後有了「星能力」，連髮色都變了！

這些變化很難接受，她只想待在地球完成學業，當個平凡人，而不是一覺醒來必須接受自己變成外星人一份子！

「不把我送回去，我會上新聞啊！」

由於她不知知道在這裡睡了多久，如果消失在地球一周以上，總會被人列入失蹤名單吧？

男子知道戚冬雨在擔心什麼，慢條斯理的說：「妳那邊我們都幫妳處理好，那邊的人會不記得妳和哥哥的存在。」

「你說什麼?!」戚冬雨以為聽錯了。她激動地跳下床，卻被三顆銀色球形物體擋住，無法靠近艾加倫。

「我們需要妳。」艾加倫再次按下按鈕，銀色球形物體投射出另一幅畫面。

「宿」病毒的出現影響哈貝爾星人很難繁衍後代，直到現在，沒有人能知道宿病毒從哪個星系而來，那個病毒滅了他們原本的家園。

擁有生命領主繁衍基因的戚冬雨，不外乎是哈貝爾人民的希望。

戚冬雨再怎麼呆，也意識到這男人的目的。

「你們該不會把我抓來是要研究我的身體、幫你們生孩子？」原本想抓走哥哥，但卻抓來個妹妹。

比起男性的哥哥，女性的她更能直接利用，只要生個孩子，孩子有生命領主的基因就解決了。

「生孩子是快速解決的方法之一，但妳不知道基因的奧秘，孩子並不會剛剛好就遺傳到生命領主的基因，也許妳要生很多胎才能成功。」

鬼才要生小孩啊！她現在正值青春年華！

看得出來戚冬雨的不屑，艾加倫依然故我說下去，「雌性在這裡有特殊待遇，會比妳原來的生活還要好上千萬倍，一個雌性能擁有許多個丈夫，把妳捧在手掌心疼。」

戚冬雨翻個大白眼，「誰稀罕啊，我才不要當母豬！去你的！」氣得髒話都飆出來。

艾加倫皺了皺眉，這位地球女孩比他想像的還要沒氣質，而且脾氣很硬。於是，他的臉色也變了。

他站起身，口氣強硬，「我們會給妳優渥的生活，給妳至高無上的地位，妳將會是這個星系最有錢的女人。」

「去你的王八……」還沒罵完，一幅虛擬人像圖跳了進來，穿著黑色執事服裝。

「主人，雷迪家族的加穆先生來訪，另外，中樞母腦的訊息接進來，是否接通？」

「接進來。」艾加倫拋下一句話便轉身離開。

「欸等等！」戚冬雨的話沒有機會說下去，眼睜睜看著門在自己面前關上。

「可惡！」用力踢了門板一下，她生氣的坐在地上。

一抹透明的身形浮現在背後，玲瓏有緻的美麗身形屬於女性，光影中，依稀可見那頭如尼羅河般耀眼的藍色長髮。

金色鳳眼透出冰刀般的銳利，幾秒鐘漸漸消失，彷彿從未出現過。

※※※

在見到加穆・雷迪前，艾加倫反倒先和中樞母腦愛莉佩絲見面。她是哈貝爾星系擁有智慧的人工智能，儘管是四大家族開發出來，卻是向著家族之首雷迪家族的人。

對於愛莉佩絲的心向著雷迪家族，艾加倫開頭第一句話便是，「我不會把那個女孩交出去的。」

「呵呵，艾加倫，你未免太不信任我，你好歹也是我的創始者，怎麼不想想為何我會比加穆殿下早一步來見你呢？」

艾加倫承認自己心急了，好不容易手中有張王牌，他真的不想鬆手。

愛莉佩絲從有記憶開始，時常和雷迪家的人混在一起，不意外艾加倫會這樣想，以為愛莉佩絲是幫助雷迪來討人。

「那好，妳來做什麼？」艾加倫撇撇嘴。

「我知道你帶回來的是個女孩。我想要你隱瞞戚冬雨是女孩。」

就在艾加倫離開戚冬雨休息的房間，愛莉佩絲短暫出現在房間。

愛莉佩絲沒有想到赫威家族帶回來的人居然是雌性！這下子不僅拿到免死金牌，如果此女孩成功誕下繼承人，將會打亂四大家族的排序，赫威家族會成為四大家族之首。

調查地球是否有生命領主的後代是她負責的，但是最初查到是男孩，事後再仔細看過資料，竟然還有個雙胞胎妹妹！

如果讓雷迪家族得知這女孩是雌性，鐵定會發動戰爭想辦法奪回來，而加穆殿下一定會逼伊維塔少爺娶這女孩！

愛莉佩絲不論怎麼想，都不想要看到伊維塔娶其他女生。

艾加倫望著愛莉佩絲不動聲色的臉龐，低頭望了望她攥緊的拳頭，看得出來愛莉佩絲內心情緒絕對不比表面平靜。

「為什麼？這對赫威家族來說沒有益處。」

愛莉佩絲目的是什麼，居然想幫赫威隱瞞雷迪家族？艾加倫頓時間猜不出來。

知曉艾加倫猜測用意，愛莉佩絲神色淡然的說：「怎麼會沒有益處，只有你們知道她是女生，而且只要讓她在學校增加實力，這對你們來說更有用處，成為有用雌性。況且她不是想找失蹤的哥哥？你們可以利用她哥哥，讓她為你們所用。」

中樞母腦來去無影無蹤，恐怕方才在房間的談話已被她聽見。艾加倫不意外愛莉佩絲為何會知道戚冬雨想找哥哥。

艾加倫陷入思忖，愛莉佩絲說的話不無道理，想起戚冬雨反抗的模樣，確實很頭疼。

愛莉佩絲看得出來艾加倫有把自己的話聽進去，為了讓他盡快認同，加緊洗腦，「拉攏她比起用手段限制她的人生自由好很多哦，對對方好，對方自然就對你好。」

艾加倫笑道：「雷迪家族知道後，會恨死妳喔。」

「呵呵，才不會，我只要去找真正的戚冬宇就好。」在這世界，要依賴中樞母腦的能力多的是。愛莉佩絲對自己的存在很有自信。

「讓她偽裝男生進哈姆斯學校就讀，絕對不能把女性的身分洩漏出去。」

靜靜聆聽愛莉佩絲接下來的計畫，艾加倫心中已有想法。

「加穆殿下來了，那我先行離開，你們慢慢聊。」愛莉佩絲身子淡化消失。

※※※

戚冬雨自由了，不對，是能離開房間自由活動，基本上她仍然是個被囚禁的地球人。

艾加倫離開房間的三小時後再次回來，這次帶著條件想商量。

第一條約定，她擔憂哥哥的下落，赫威家族能動用所有資源調查哥哥的去向。關於這條條件，戚冬雨認為即便自己不提出要求，赫威家族也會去找哥哥。

目前哥哥很有可能被別的家族帶走。

第二條約定，哈貝爾星球規定不論是來自外星球或本國的男女性都必須入哈姆斯學校就學開拓星能力，為政府盡份心，於是要她女扮男裝，且不可將女性身份洩漏出去。

第三條約定，答應前面兩條約定，她能掌控屬於自己的生活和命運。

戚冬雨起先不明白所謂屬於自己的生活是什麼意思？不過艾加倫讓執事親自帶去外面環境瞧過後，明白了。

在哈貝爾星系的文化，雌性雖貴為稀有生物，能娶很多個丈夫，但相對沒有人身自由，出門在外受人注目，一堆保鑣緊緊跟隨，每年政府會安排許多盛大的雌性聚會等等，唯有實力強的女性才有資格接受或拒絕。

街道上平凡的女性，就是這樣生活的，表面風光亮麗，實則是戚冬雨很排斥的生孩工具。她頓時明白既然回不了地球，只能待在這裡，就必須另闢屬於自己的生活，除了接受沒有別的方法。

既然擁有別的雌性沒有的優良基因，何不妥善利用優勢，何況她的年紀仍是學生，進入哈姆斯學校對她來說沒有缺點。

經過思量，戚冬雨決定面對一切，答應艾加倫的要求。

驀地，戚冬雨眼角餘光感覺有人在偷窺自己，她急忙轉頭看去，寬敞而筆直的走廊沒有半個人。從剛剛老覺得有人在偷看，是錯覺嗎？

戚冬雨離開沙發，站在走廊入口盯著好一會兒。

轟隆隆隆隆，屋外傳來飛行機的聲音，戚冬雨轉身尋聲走去，漂浮在旁邊的銀色球形物體緊緊跟隨，這些是哈貝爾開發的小智能幫手，有點像居家機器人，家中居家機器人越多，越能彰顯家族財富的顯赫。

在她轉身後，一抹淡藍色身影忽隱忽現，金色鳳眸如貓般縮成一直線，彎起的唇勾起恰到好處的弧度。

掀開簾子，戚冬雨看著從飛行機下車的少年。少年有著金色短髮，和一雙如湖面般清澈的水藍色眼眸，模樣清秀，五官極像艾加倫！

「柯爾少爺，交給小的就好。」她聽見伺候少年的隨從協助脫下外套。

艾加倫從另一處走來，看見身形透明的愛莉佩絲，不由皺起眉毛，「希望妳下次不要擅自闖入我家。」

「呵呵。」愛莉佩絲撥了頭髮，隱去身子。「搞不好你那害羞的兒子會喜歡戚冬雨哦。」

「少湊做堆！」艾加倫冷冷斥責，即便他很想成功讓赫威家族繁衍後代，但也會顧及兒子的感受。

看著母腦的身影消失，艾加倫重新把目光轉向佇立在窗邊的少女。如果是兩情相悅當然很好，但……

戚冬雨絕對不是來這裡談戀愛，和她談完後，看得出來她想變強，主導自己的人生自由。

那麼，就讓他拭目以待，戚冬雨究竟能不能適應這裡的生活。

第二章　基情的萌芽從同宿開始

哈姆斯學園是哈貝爾星球規模最大、全星球第一名的學校，校內有許多專門培養商貿、武術、軍團、星鑑長、製造戰艦、飛船等交通工具的導師，各大家族、貴族子弟一生中必須就讀的的學校。

校園占地非常廣闊，戚冬雨是搭乘赫威家族的飛行車來，從高空俯瞰幾乎看不見邊界，整體格局呈圓弧狀，校舍大樓多位於中心，四面八方則是是茂密的森林，一條名為哈唔士河畔貫穿森林，像極了與世獨立的世界。

戚冬雨拎著赫威家族準備好的行李，照著手中卡片地址，來到校內宿舍。

宿舍是一棟棟並排的尖塔狀的大樓，外牆是深紅褐色的磚塊堆砌而成，透露出古老悠遠的氣息。宿舍外觀雖為老舊，內部陳設卻十分華麗。

她現在是以赫威家族的遠親身分進入哈姆斯學校就讀，能住在富麗堂皇的宿舍是靠赫威家族。

戚冬雨強迫自己把下巴闔上，這個環境簡直像皇宮，天花板垂掛一盞盞金光閃閃的吊燈，從門口進來，有一條很長的紅色地毯順著螺旋梯而上，左右兩旁是舒適的交誼廳。

學校系所大致分為商貿系、格鬥系、訊息工程系、一般A等系、一般B等系、一般C等系，學生必須住宿。

赫威家族將戚冬雨安排在一般A等系，住的宿舍自然是A等系的高級宿舍。

「讓讓！」

身後傳來男孩的聲音，戚冬雨被人用力往旁邊推開。她踉蹌穩住身子，看著大門入口陸陸續續有僕人走進來，少說有五名僕人，每個人手上都扛著全新的家具。

「把這些拿去扔掉。」

戚冬雨看著男同學拐進一間房內，好奇的跟了上去，發現他讓僕人們把原來的家具通通搬出去。

「幹嘛？」瞥見有人正看自己，男孩口氣傲慢地說。

「這些不是很新嗎？」

「我不喜歡用上一個同學用過的東西！」男孩不屑哼了聲，指使僕人快點做事。「快點放好！」

真的是個闊凱子。戚冬雨摸摸鼻子轉身離開。

她的房間……啊找到了！戚冬雨望著門邊懸掛的名牌：C—3室，C是指三樓，室友：伊維塔&戚冬雨。

「嗨，小帥哥新來的嗎？」輕佻的嗓音出現在耳邊，戚冬雨嚇了一跳，慌忙轉身。

「你、你好！」戚冬雨壓低嗓子，幸好在赫威家族有事先訓練自己必須像個男孩子。

少年約有一七八公分，身材纖瘦高大，戚冬雨覺得他看起來很和藹可親，俊俏的臉龐帶著痞痞的笑容。

「我是角落那間。」墨綠色眼眸望著她，笑著手指向長廊右手邊。

每層樓有四間房，雖然為貴族學校，但校舍多為兩人一間房，這是學校認為該讓學生與學生之間培養感情。

開學前一天，他便從其他人那邊聽見有新的轉學生。

「你長得真可愛耶。」他愉快的口吻帶點調戲的成分，聽在戚冬雨耳裡莫名古怪，好端端男生會誇男生可愛？除非是對同性有意思才會做吧！

隨著他的俯身，一頭柔軟俐落的灰髮垂落臉龐，戚冬雨不禁向後靠，背脊貼在牆壁無法再退了。抬起眼簾就能對上他的目光，戚冬雨害臊的不敢揚起目光，只好直勾勾盯著他衣領——

哈姆斯全校約有三分之二是男生，其餘三分之一則為女性，而能在高等校舍入住，只有政府高階官員級的女兒。

男性都穿黑色制服，女性則穿著粉白色格子裙子，在這所學校，家世背景能讓他們度過不同的生活。

此刻他的釦子屬於金色，代表最高級別的學生，有權參與學校任何管理，例如學生會。

「阿羅，我快餓死啦。」

驀地，一抹身影竄入眼底，戚冬雨轉眸看去，是和灰髮少年長得一模一樣的男孩，差別在於他的表情有點呆。

男孩抓著哥哥的袖子，「什麼時候吃早餐？」

「等會兒。」羅恩拍了拍弟弟的肩膀，向戚冬雨解釋，「我是哥哥，羅恩，他是我弟弟，羅珞，戴斯家族。對了，我還沒問你的名字。」

她趕忙誠意十足自我介紹，「戚冬雨，我是赫威家族的遠房親戚，請多多指教！」

艾加倫有說過，金色釦子在學校的權力很大，如果能和他們這些人打好交道，對她的校園生活有幫助，至少有人罩！

既然是同層樓的室友，關係要打好基礎！

羅珞懶洋洋地瞥了戚冬雨一眼，一手壓著肚子，似乎對眼前的新朋友沒有興趣，腦袋裡只有吃早餐。

「哥，走啦走啦，我想去學校吃早餐了。」羅珞再次催促。

「好。」羅恩拍了拍弟弟的肩膀，對著戚冬雨說：「樓下見，等會兒一起去學校？」

「好的！」戚冬雨看著兩張一模一樣的臉龐，若不是能從口音聽出誰是哥哥誰是弟弟，光看容貌她分辨不出來啊！

雙胞胎一前一後下樓，戚冬雨趕緊拿出鑰匙打開房間，她得趕快把東西放好，拿著今天要上課的課本，別讓雙胞胎等太久。

今天是開學典禮，住宿生一律由開學典禮這天入住，每個學期會重新抽籤分配房間。

房間內有張上下床，床邊有張很可愛的小茶几，窗子是六塊方格窗，壁紙是淺灰色，燈光是暈黃色，整間房間透露出溫暖的氣息，和大廳的金碧輝煌不同。

艾加倫待她不差，行李裡面放了幾件保暖衣物、薄棉被、生活用品。

戚冬雨打量寬敞的臥室，尋找藏衛生棉和貼身衣物的地方。室內有兩個櫃子，其中一個放滿男性衣物，而另外一個目前是空的，是她專屬的櫃子。

可是那麼重要的衛生棉她不敢隨便塞櫃子，萬一對方哪根筋不對，不小心看到呢？

她想了一下，把衛生棉拆開，一些塞在床墊底下，一些則藏在衣櫃裡面。

「大功告成，真佩服我的小聰明，哈哈！」滿意地拍拍手，戚冬雨喜孜孜的大笑。

「你幹了什麼事情？」

「嚇！」門口傳來的男性聲音卻嚇掉了半條命。

戚冬雨回頭，一見裸著上半身、剛洗完澡的少年，如同做錯事的小孩立刻低下頭，這種春光她才不要每天都看咧！

「不、不是，什麼事情也沒有。」她縮著雙肩，如被訓罵的小媳婦結巴回答。

少年覺得她陰陽怪氣，個子矮矮的，皮膚白皙像個女孩，眉眼間全無一絲男子氣概。嫌棄地瞪了她一眼，拿起吹風機動手吹髮。

「你要睡上床？」他有看見她霸佔著上床的位置。

「沒有啦，如果你想睡上面的話，我可以讓位。」

「不用。」他比較喜歡睡下面，不用爬上爬下，非常方便。

說完這句話，臥室陷入一片安靜。戚冬雨發現他的擦頭巾掉在地上，於是順手撿起來，作勢披在椅背，這個時候，他忽然扣住她的手腕。

「做什麼？」冷冷的眼神抬起來，直直望入她驚顫的眼裡。

「我、我、我只是要幫你放頭巾，對不起。」戚冬雨被他的眼神嚇到。

「拿來。」他鬆開手，扯過她手裡的頭巾，然後背對身，自顧自的吹頭髮。

戚冬雨撇撇嘴轉身爬回上床，看來室友很難搞、脾氣不好，好心幫忙卻被瞪。

吹完頭髮，戚冬雨看見他站起來，直接當著她的面，將短褲脫掉——

「哇啊！」戚冬雨被這畫面弄得措手不及，抓起棉被摀住臉。

少年被她的叫聲給嚇了一跳，脫到一半的褲子掛在腿上，莫名其妙地看著她，「幹嘛？」

戚冬雨依然用棉被摀著臉，這個行為在他眼裡極其怪異。

「我突然想到其他人還在等我，我先去學校了。」戚冬雨用飛快的速度跳下來，一路低著頭，預備衝出房間。

他手一伸，抓住她的後領，拎到面前，「慢著，我是身上有什麼怪東西嗎？為什麼不看我？」

「沒有沒有！」戚冬雨拼命轉著眼珠，靈光一閃，脫口道：「其實是……初來乍到，我覺得你有點兇……」

少年皺了一下眉頭，「難道不是在扭捏？」想起剛才她用棉被摀住臉的情況，再加上她的臉怎麼有些紅紅的，就連肌膚的觸感也滑滑軟軟的。

戚冬雨抬起眼，對上他打量的視線，他的眼睛很漂亮，是如同充滿光澤的紅寶石，直直地透進她的心靈，那一瞬間，好像被窺視出她極力隱瞞的秘密。

他將手伸向她的臉龐，輕觸上臉頰，指腹的觸感令他困惑。她頓時心慌意亂，欲抽回首，便聽見房門口傳來痞痞的笑聲。

「喂，大白天的，你們兩個在房間深情對看，這樣對嗎？」羅恩上前隔開他們兩人，一手搭著戚冬雨的肩膀，低頭瞧了瞧她的臉龐，還順手揩了一把。

「到底是怎麼保養的，皮膚超好……」羅恩匪夷所思地碎碎呢喃。

戚冬雨皺了皺眉，奇怪，這些外星人為什麼那麼喜歡亂摸。她偏過臉，沒想讓羅恩繼續揩油，一轉眼，就和站在門口、悶不吭聲的柯爾對上眼。

「嗨！」柯爾是她來到這裡後，第一個認識的人，他是赫威家族的獨生子，由於是同年齡，她對他較有話可說，比起他老爸艾加倫更有話可說。

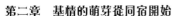

「我先去學校。」柯爾欲言又止地看了她一眼，離開前一併拉著羅珞。

「那我也先去學校了。」威冬雨向房間的兩人點頭，趕緊腳底抹油離開。

伊維塔看向逕自摸著自己臉龐的羅恩，「要探究膚質去浴室，我要換衣服。」

「你剛是不是覺得他的皮膚很好？」羅恩剛才看見了，伊維塔摸著他的臉頰。

伊維塔心裡打個唐突，脾氣突然暴躁，「我不知道，那是他臉上剛好有髒東西！」

羅恩忽然安靜，看著他好幾秒，接著大笑，「哈哈哈，你吃炸藥喔！我只不過是問他皮膚好不好，如果你也覺得他皮膚好，我要去找他問問怎麼做到的，不然你以為我會誤會你們有一腿嗎？」

伊維塔不過是說了一句，羅恩卻回很多句。他推著羅恩，「快要上課了，你滾出去，我要換衣服。」

「好啦好啦，都是男生怕什麼，扭扭捏捏。」

伊維塔推擠的手勁稍稍一頓，羅恩沒注意到伊維塔突然變樣的臉色，頭也不回的往外走，順便好心的替他把門關上。

伊維塔默不作聲從衣櫃裡拿出學校制服，一邊替換的襯衫，腦袋裡回味剛才觸摸新室友臉頰的柔軟感覺。

「那小子的確扭扭捏捏，彷彿是個女孩子。」伊維塔喃喃自語，隨即扯唇笑了一下，要說長得像女生的人，學校裡一堆。

※※※

哈姆斯男性學生不論春夏秋冬都穿著黑色制服、長褲、皮鞋，女性則穿著白色制服，兩者會隨著季節變換薄厚襯衫或各色背心，俗稱洋蔥式穿法，逢戰鬥實境課時則穿指定的戰鬥服。

朝會期間，戚冬雨的隊伍在一般Ａ系，位於最前排，依序是ＢＣ系、專業科系，象徵這所學校是以家世背景、財富做排序。

就連學生制服也有分等級，穿著白色襯衫是Ａ系，代表家世顯赫、成績優異，通常這類人是群體中的領袖，任何學生見了都要禮讓三分；粉色襯衫是Ｂ系，代表貴族子弟；灰色襯衫是Ｃ系，代表一般平民。

一群穿著不同顏色服裝的學生集體站在廣場前，就像個五顏六色的調色盤。

理事長、校長、各科主任一一講完話就散會。戚冬雨和戴斯家族兩位雙胞胎併排行走。

「羅恩同學，這是你的早餐。」一名穿著粉色襯衫的男同學恭敬捧著熱騰騰的蛋塔和奶茶跑來。

由於剛才被戚冬雨這麼一拖，三人沒有時間購買早餐，只好先去朝會集合。

「這是小費。」羅恩從錢包抽出三張鈔票放到同學手中，一手交錢一手交貨，順勢把早餐拎到羅珞手裡。

為Ａ系同學服務能拿到額外的小費，那名同學高興的離開。

不知怎的，戚冬雨很不習慣這種相處模式，Ａ系學生在哈姆斯學校就像高高在上的主人，其餘系所的學生就像僕人。

「來，這是你的！」

戚冬雨受寵若驚，沒想到自己也有一份，可不知怎的，她比較想要自己買耶。

望著戚冬雨默然的樣子，柯爾小聲詢問道：「冬雨，不符合你的胃口嗎？」

「不、不是！你們對我很好。」能這樣照顧第一次見面的同學。

「小蘋果，你和小雨在說什麼悄悄話呢？」羅恩推了推眼鏡，瞇起眼睛，湊到兩人中間，一邊一手搭住兩人的肩膀。

「沒的事，我關心新同學。」柯爾說。

「我也關心新同學。嘿，小雨，你的膚質如何保養的？」羅恩藉由搭肩，近距離細細觀察戚冬雨的肌膚。

「你們靠太近了。」柯爾發現戚冬雨的表情十分困擾和為難，趕緊衝到兩人面前隔開。他必須在學校照顧她，這是父親的叮囑。

「我突然想到一件事情，冬雨，你先跟我來一趟。」柯爾拉起戚冬雨的胳膊，作勢就走。

羅恩反過來扣住戚冬雨，「小蘋果，我正說話呢，你怎麼可以擅自把人帶走。」

左右兩邊勢均力敵，戚冬雨看著兩隻手動彈不得，表情有些無奈。

「受不了，搞得像在搶女人！」一旁的塞西冥看不下去，幫忙拉住羅恩，眼神示意柯爾趕緊把人帶走。

「那你現在的行為不就在搶……我？我知道我很美，謝謝你的愛戴，但是我對肌肉男沒興趣。」羅恩笑咪咪的睞了眼塞西冥。

塞西冥聽見他不要臉的話，瞬間炸毛了，一顆拳頭準備伺候，「你想被我打是不是?!」

「你們克制一下。」伊維塔出聲低斥，說這話的同時，人是站在離他們幾步遠的地方，一副不認識他們。

柯爾左右張望，發現周圍的人都在打量，臉頓時紅了起來，身高兩百公分的他，簡直就是顯眼的標的物。

趁著羅恩被塞西冥絆住，柯爾拉著戚冬雨匆匆跑上樓。

戚冬雨回頭，就這樣丟下他們好嗎？不過這一回頭，她倏地瞪大眼睛，羅恩拍了一下塞西冥臀部，只見塞西冥屁股竄出一條活動式的「尾巴」？

用力眨眨眼，她本想看得更清楚柯爾已經拉著自己繞過轉彎，看不見這群同學的身影了。

「宇宙有了生命，也代表擁有意識。這個意識掌管生命的奧秘——」歷史導師切換投影片，畫面顯示四尊白石砌成的巍峨雕像。「這些意識分為四大類，地域、空間、時間、生命。地域掌管地理天災；空間掌管空間壁壘；時間掌管時間軸；生命掌管靈魂繁衍。」

「我舉個例子，在這個世界能阻擋宇宙任何負面物質的能力，我們可以稱呼為空間領主。有預習過課本的同學就能知道，星歷前四〇九〇年，我們的舊哈貝爾星系被外來物質『宿』病毒毀滅，為什麼要人命的病毒會進入我們星系？為什麼我們不能防範？」

「因為空間領主所築出來的空間壁壘無法保護我們，導致產生空間裂縫，使遙遠星系的病毒入侵。」導師在講台上侃侃而談，歷史課總讓學生容易產生濃濃睡意，上課不到三十分鐘，學生已睡了一半。

根據研究顯示，學生的專注力只能持續三十分鐘，所以很多課程都以四十五分鐘下課休息。

除了戚冬雨。她在地球上課時也會想睡覺，但如今有奮鬥的目標，她必須趕快吸收這個世界的知識，跟上哈貝爾學生的進度。

宿病毒不僅造成舊家園的毀滅，也影響哈貝爾星人的生育能力，所以才需要生命領主繁衍的基因。

既然她是生命領主的後代，那哈貝爾難道沒有空間領主的後代嗎？艾加倫並沒有提過其他領主的後代。

「哪裡不懂嗎？」坐在旁邊的柯爾悄悄寫了張紙條給戚冬雨。

戚冬雨在赫威家族很少和柯爾講話，但艾加倫似乎有要柯爾好好照顧自己，關於這點，柯爾並不知道她真正性別。

現在唯一知道她是女性的，就只有艾加倫。

戚冬雨將疑問寫在紙條上，不一會兒，得到了令人驚異的答案：

雷迪家族歷代祖先都是赫赫有名的空間領主後代。

雷迪……這麼說他是。戚冬雨的目光不由自主飄向斜後方的黑髮少年伊維塔，腦海想起艾加倫交代自己的事項。

——不能被雷迪家族或其他家族發現妳是女生。

戚冬雨自是明白，尤其現在和伊維塔同間房，更加要小心。

歷史課結束，接著是音樂課，班上同學早早各自搶位置入座，戚冬雨入教室時，後面位置幾乎已滿位，而那一區空著的位置似乎是一群小團體習慣的位置，她沒膽搶別人的位置，於是走到前排第一排空位坐下。

正準備入坐，柯爾喊住：「冬雨，一起來後面。」

戚冬雨扭頭打量後方的空位位數，現在終於知道那些空位是留給誰的，她去後面沒有位置坐。

「沒關係，我坐前面就好。」她拒絕柯爾的好意。

塞西冥抓住她的後領，拉到身邊，力道大到險些讓人踩不穩跌倒，「過來，乖小孩才會去坐前面。」

「可是……」沒有位置啊。戚冬雨一臉尷尬，就這樣被塞西冥拉到後面座位區。

塞西冥向著某位男同學的桌面敲了幾下，男同學抬頭看了一眼，立刻跳起來，慌慌張張收拾桌面物品，讓出位置。

這根本是惡霸行為啊。戚冬雨見狀目瞪口呆，擺擺手，「沒關係，你坐。我去坐前面。」說著，她腳跟一旋，剛轉身，衣領又被塞西冥拎住。

「叫你坐就坐。」塞西冥強制將戚冬雨按入座位。

「冬雨，你就坐吧。」柯爾出聲勸著。

其餘人已入坐，伊維塔低頭翻起課本，羅珞拿出吉拿棒津津有味吃起來，羅恩則從口袋拿出鏡子，撥弄自己的頭髮。

戚冬雨朝著男同學說聲抱歉，拘謹地坐在位置上，她的左手邊是柯爾，右手邊則是不認識的同班同學，其他人則坐在後面一排。

音樂老師抱著一疊樂譜走進教室，一站在台上便說今日要舉行歌唱考試，讓小老師把樂譜發下去。

戚冬雨臉色鐵青，她自認自己沒有唱歌天分，平常講話還能控制聲調，外人察覺不出來有女生聲線的音質，但如果唱歌，怕會漏餡。

接收到前面同學傳來的樂譜，戚冬雨抽了一張，其餘往後傳。

見所有學生都收到樂譜，音樂老師講道：「樂譜有分兩種，拿到編號一的是唱歡樂頌，拿到編號二的是唱抒情曲。」

戚冬雨在心裡哼唱曲調，發現自己拿的是抒情曲。如果唱抒情曲，因為曲調溫柔緩慢，大家會比較注重在聲線。

這該怎麼辦才好？早知道今天要考唱歌，一大早就該裝喉嚨痛。

「冬雨，你還好嗎？」一旁的柯爾發現她的臉色沉重，於是關心。

「有點不舒服。」戚冬雨面有難色的瞥了柯爾一眼，視線順著他的臉往下移動，然後頓住。

「我可以跟你換樂譜嗎？」她悄聲地說。

「好啊！」柯爾不介意自己唱什麼，老師也沒有說不能換。「冬雨，你喜歡唱歡樂的歌？」

「嗯嗯是呀。」太好了，這首歡樂歌她就鬼吼鬼叫的唱吧！

音樂老師隨機抽籤，讓學生們陸續上台，等輪到戚冬雨的時候，已是二十分鐘後了。

「加油！」柯爾握拳向她鼓勵。

雖然私底下換成歡樂的曲子，但要面對這麼多外星人站在台上唱歌，她難免害羞尷尬，肢體極為不協調，如同一根木竿子處在舞台上。

教室裡的音響流瀉出輕快的曲調，底下的學生自然地舞動肩膀，戚冬雨深呼吸，張口唱起來。她的眼睛盯著第一排的空位，絲毫沒有勇氣亂瞄。她感覺心臟要跳出來了，胃因為緊張極度陣痛，簡直快要窒息。

音樂戛然而止，戚冬雨不知如何是好，呆呆站在台上。

切斷音樂的是老師，她關心地問道：「冬雨，你嗓子怎麼了嗎？可以自然大方唱出來，不用害怕。」

台下的學生竊竊私語，雖然戚冬雨唱得很小聲，但只要仔細一聽，依舊能聽出她的音質。

「就像小雞的聲音。」

「有點娘的聲音耶。」

有個同學發現塞西冥陰森森的視線，趕緊堵住朋友的嘴，「噓，他後台很硬，你今天沒看見嗎？他們那群豪門少爺很護著他咧！」

原本漫不經心的伊維塔在戚冬雨開口發出第一聲，便豎起耳朵細細聆聽。

戚冬雨朝後方望去，柯爾正一臉憂心忡忡看著，伊維塔背靠椅背，雙手環胸，視線垂著，沒有關注台上的狀況。

「對不起，老師。」戚冬雨道歉。

音樂老師溫柔的說：「沒關係，那你要下次再表演嗎？」

戚冬雨搖頭。她不想要把這件事情拖到下次，反而會更緊張、戰戰兢兢，既然聲音太小聲，那麼她就豁出去了。

音樂再度播放，戚冬雨心中數著拍子，張開口，壓低嗓子、在舞台上舞動起來。

「他以為這裡是夜店呀？呵呵。」羅恩的眼睛很難得從鏡子揚起來。

戚冬雨嘶吼又熱血的高歌讓各自做自己事情的學生紛紛投注目光，就連默不關心的伊維塔也皺著眉頭，不曉得現在是在演哪一齣？本想偷吃餅乾的羅珞看得目瞪口呆。

「冬雨，你好厲害。」戚冬雨唱完後回到座位，柯爾立刻湊上前讚揚。

「讓你們見笑了。」她坐在椅子上喘氣，又唱又跳後是一陣疲乏。

「喝口水。」柯爾把寶特瓶遞給戚冬雨。

「你滿頭大汗呢。要補妝嗎？」羅恩貼心遞出個人使用的蜜粉。

戚冬雨拒絕，捏起袖子胡亂抹了抹臉，「我不用，我沒上妝。」

「你沒上妝？」羅恩聞言晴天霹靂，手伸長指了一把她的臉頰，滑溜溜的觸感，摸起來十分自然。

塞西冥用力打了羅恩的手一下，「你又亂吃別人豆腐！」

「摸一下不行嗎？阿冥，吃醋啊？可惜你這肌肉男的皮膚看起來就很粗。」

「你這小子！」

音樂老師停住音樂，拍了拍桌子，「後面的，還沒下課！」

戚冬雨漸漸平穩呼吸，鬆了口氣，這堂課終於平安通過。

※※※

哈姆斯學區不只包含上課校舍，它還把學校建造成像間城市。學區周邊仿街道背景，有二十四小時便利超商、夜市、餐廳及大賣場，只要戚冬雨想得到的商店，幾乎都有。

學生想要在學區內的餐廳用餐，或是稍顯距離遠的餐廳用餐都可以，午休時間有兩個小時，對學生來說，時間十分充裕。

校內餐廳位於中間行政大樓的後方池子附近，有各色自助料理吸引學生們來捧場，除了午餐，學生餐廳二十四小時營業，學生們可隨時隨地覓食。

一踏進學餐，塞西冥輕輕吹了聲口哨，目光追隨著穿著短裙的清秀女學生，一副要上前打獵的模樣。

「阿冥，有人在瞪你了。」柯爾發現塞西冥打量的女孩有男朋友，著急地提醒。

「哼，看看幾眼不行嗎？」塞西冥不以為然，甚至還瞪了對方一眼，對方一見塞西冥胸口的金色釦子，態度一百八十度大轉變，又是彎腰又是道歉。

「那個，我可以自己去用餐……」戚冬雨覺得跟這群人走在一起雖然有面子，但受人關注的感覺不太好。

音樂課一下課，羅恩沒有詢問她的意願，就拉著她來學生餐廳，和羅恩認識還不到二十四小時，戚冬雨很訝異羅恩已經把她當作小組一份子嗎？

羅珞跟著哥哥，自然對哥哥的行為沒有意見；柯爾聽艾加倫的話要看好她，當然沒話說；塞西冥一看見稀有的女學生，來到餐廳後已經脫離隊伍。

然而，伊維塔似乎很不喜歡羅恩把她帶來，兀自脫離隊伍，尋個地方用餐休息。

「幹嘛見外呢，要照顧新來的同學呀。」羅恩置若罔聞，一一替她介紹學餐最好吃的店面。

戚冬雨拿羅恩沒轍，選了一家蓋飯點餐，戴斯雙胞胎則選了隔壁的麵店，柯爾則已經點好餐，跑去洗手。

忽然，前方的隊伍傳來爭執聲，戚冬雨本不以為然，沒想到事情有越演越烈的趨勢。她不知道發生什麼事情，等到吸引注意時，聽其他學生的說法是，一般C等系學生不小心把飯菜撒在A等系學生鞋子上。

「你弄髒我的鞋子，舔乾淨！」

A等系的學生時常仗著顯赫的家世欺壓別系的學生，這種事情早已在哈姆斯學校見怪不怪，但世界的法則就是這樣運作，除非你認識地位更高的人，包準你安全度過學園生活。

「對、對不起！我真的不是故意的，我願意賠償你！」男同學害怕到哽咽抽氣，弱小身子抖得如秋風掃落葉。

「你拿什麼賠償？穿灰色襯衫有什麼本錢賠?!」站三七步的學長惱火地翻個大白眼，「這雙鞋子是今年限定款，全學校只有兩個人有，我和雷迪少爺。」

這雙鞋子是父母親靠關係從雷迪家族那邊拿來的，新學期剛開學，他穿這雙鞋子都能讓其餘學生羨慕，能跟雷迪少爺穿同款鞋子，這是莫大殊榮！

人在隊伍後段的戚冬雨聽見雷迪家族不由皺起眉頭。她沒注意伊維塔腳上穿什麼鞋子，對她來說鞋子就是走路用的，再漂亮，仍然是雙走路的鞋子！

「好了吧，就一雙鞋子，洗一洗就好。」戚冬雨受不了男同學咄咄逼人的樣子，離開隊伍走到前端。

「關你什麼事情！我教訓別人礙你眼嗎?!」學長不爽的看向戚冬雨，覷見她胸口的金色釦子頓時愣了一下。

但仍理直氣壯的飆罵：「赫威家族？」他開學前就聽說赫威家族有個遠房親戚轉學到哈姆斯。金色釦子在哈姆斯有崇高的地位，理論上，這位男學長看見戚冬雨要賣幾分面子，但戚冬雨只是轉學生，有權力沒勢力。

即便學長內心膽怯赫威家族，他仍當眾賞戚冬雨白眼。

「被我看到就是礙我眼，如果你不願意對方幫你洗鞋就算了，當作沒有這回事情。」戚冬雨朝男同學低聲說：「你快走吧。」

然而，對方絲毫不敢移動，顫著身軀，「赫威少爺，您別管了，我要是這麼離開，他還是會找上來要我負責。」

男同學一把鼻涕一把眼淚，看了戚冬雨很心疼。

「有沒有聽到，快滾！」學長揚高下巴，「他弄髒我的鞋子耶！這雙是限定款！」

瞧他什麼口氣啊，根本在炫耀「我和雷迪少爺穿同款鞋子唷，怎麼樣～」

「讓開，我要教訓他。」

「不讓！」戚冬雨忍無可忍，往前一站。

「你該死！」他氣得火冒三丈，掄起拳頭往戚冬雨臉上招呼過去——

戚冬雨俐落閃避，兩手壓住他的肩膀，往櫃台推去，動用蠻力壓制住對方。心裡正鬆口氣時，肩膀被抓住了，一抹淡淡的光芒閃爍掌心，還來不及分辨是什麼，一股沉重的力量當頭降下。

咚的一聲，戚冬雨被迫兩腿跪地，她想起身卻見腳踝處有抹光芒形成的鎖鍊，這樣的異樣讓她意識到，不妙！

她現在空有一身星能量，想要如同對方讓星能量凝聚武器是癡人說夢。

啪——清脆的聲響伴隨著臉頰的劇痛，戚冬雨覺得嘴角一陣火辣，眼前天旋地轉，眼角瞥見一群學生議論紛紛，弱小的男同學哭聲不停歇。

「冬雨！」她聽見柯爾慌張的聲音。

「喂喂喂，赫威家族的也敢打呀？」再來是羅恩輕柔卻冷戾的嗓音。

戚冬雨躺在地上用力眨眼，被星能量打中頭部，好暈！

「是他先惹我的！」跋扈的學長拔高音量，以捍衛自己的優勢，「難道我要眼睜睜看他不尊重雷迪家族嗎？我這雙鞋子可是和雷迪少爺一模一樣！」

羅恩瞟了運動球鞋一眼，這雙的確是今年哈姆斯的限量款球鞋之一，能和雷迪少爺穿同樣的鞋子，這般殊榮和看見金色釦子的道理一樣。

「鞋子髒了洗就好！」

戚冬雨此話一出，再次造成轟動，大家皆在竊竊私語赫威家族的小孩居然有這種貧窮孩子的想法。

作為有錢的少爺們，髒了的物品就是丟棄，誰會想洗？

「赫威家族不是很有錢嗎？」

「不是吧，我聽說轉學來的戚冬雨以前很窮，仗著赫威家族的幫忙才能入學啊！」

「原來是靠親戚。」

「我就說赫威家族哪有那麼柔弱的人，現在躺在地上哀號。」

「這麼好，明明就不怎樣卻能在A等系上課。」

「他不配金色釦子！」

戚冬雨頭很疼，哪管得到其他人議論什麼，她想張口駁斥這些學生的想法，卻半個字都說不出來。

「喔天哪，是雷迪少爺！」

驀地，人群中響起驚呼聲，一群人再次安靜下來，紛紛讓出一條路給雷迪家的少爺通過。

同樣穿著名牌運動鞋的少年慢慢走近，黑色褲管下是戚冬雨現在很厭惡的運動鞋。

抬起眼簾望著英姿挺拔的伊維塔，他看起來很淡然，不似羅恩和柯爾看見她被毆打後，焦急惱怒的模樣，太過泰然處之。

「先惹你就可以動手？你的意思是不把赫威家族放在眼裡？」疏離冰冷的聲音敲打著她的心

扉。戚冬雨聽不出來他究竟是幫自己，還是反諷自己。

因為伊維塔挑起一邊的唇角，這種時候還用微笑的弧度簡直不可思議。

男生渾身顫抖，撲通跪地，「不、不！我沒有不把赫威家族放在眼裡！」

有耳朵的人都聽得出來，伊維塔正替赫威家族出氣，戚冬雨聽得很明白，他是在幫赫威家族，不是幫她。

伊維塔走上前，搭上男生的肩膀，若在平常閒聊，這一搭肩絕對會造成全校轟動話題，能被雷迪少爺摸是莫大殊榮！

他彎下身，指尖壓著男生的脖子，用著大家都能聽見的音量說：「去學生會領罰，禁閉一天，以後不准和我穿相同的鞋子。」

伊維塔雖不是學生會的一份子，但有絕對權力命令學生會做任何事情。學生會在哈姆斯學校是學生管理，不受教師管轄範圍，再加上伊維塔是最頂的貴族少爺，超越校園制度的所有一切。

「我知道了！我馬上去！」男生點頭如搗蒜，忙不迭地起身離開。

男生與羅恩擦肩而過，羅恩看見脖子有枚青色瘀青，伊維塔究竟用多少星能量施力?!

「不散嗎？」羅恩對著周圍學生笑道，所有人都看傻了眼，一聽見羅恩的話，頓時鳥獸散，剩下柯爾、羅恩和伊維塔。

「冬雨，你沒事吧？」柯爾走上前攙起虛弱的戚冬雨。

「沒事。」其實很有事，頭很痛！但戚冬雨不想讓朋友擔心。她用袖子擦拭依然流血著嘴角，感覺到一股冰冷視線盯著不放。

伊維塔淡淡拋下一句話：「你們先去吃飯，我有事情要跟他說。」

羅恩看了伊維塔一眼，便拽著不太想走開的柯爾離開。

戚冬雨靠著櫃台，第一次被星能量打得頭暈目眩，沒有東西支撐身軀恐怕不能站立。不行，她好累，只能坐下。

戚冬雨疲憊的坐在地上，抬頭一瞥，倒是看見沉默不語的伊維塔露出嘲諷的笑容。

「我想你還不知道，金色釦子代表家族的榮譽與面子，你既然佩戴金色釦子，就要做出符合金色釦子該有的行為舉止。」

「我知道。」戚冬雨感覺得出來，伊維塔留自己下來是想訓話。

「那你還介入別人的糾紛做什麼？赫威家族是這樣教導你的？」

「這和赫威家族沒有關係，是你們觀念有問題，區區一雙鞋子……」砰咚一聲巨響，一股勁風擦過臉頰，撞上身後的櫃台，留下深深的窟窿。

戚冬雨瞬間啞口，完全被伊維塔突來的舉動嚇壞了，面前是他那張急速放大的臉龐。鮮紅色眼眸泛著森冷的寒意，此刻沒有戚冬雨第一次看見伊維塔感受到那雙如紅寶石璀璨的美麗，那種寒意，彷彿喀乾她的血液。

戚冬雨渾身僵硬，意識到伊維塔並不是想留下人訓話，而是真正想教訓人。

「閉嘴，你有什麼能耐？打算這五年都讓別人替你擦屁股？」伊維塔長腿劃過背，她立刻向前撲倒在地。

戚冬雨痛得咧嘴，可她壓下痛楚，不吭半聲。

「你看看你自己，對方只用點星能量，你就成這副德行，丟光赫威家族的臉，光是你走在我們旁邊，我就覺得空氣很糟糕，汙染我的眼睛。」

他的話如尖銳鋒利的刀鋒刺進胸口，她曾發誓過要努力完成這裡的學業，變得更強，掌控自己的生活。

她以為她能適應這裡的生活，她以為交到朋友了。

這一刻卻發現，事情並沒有自己想得容易。

一股力量壓上肩膀，戚冬雨面色蒼白的看著近在眼前的鞋子，那雙價格不斐的鞋子，把她的自尊心狠狠踩在腳下。

頭頂響起伊維塔冷漠的嗓音，她的心如碎裂的玻璃，反映出滿滿傷疤，這是戚冬雨在哈姆斯學校，頭一次感受到徹底的孤獨。

——「弱者沒有資格生存，只有強者才有資格說話。物競天擇，適者生存。」

第三章　弱肉強食的生存法則

從那天開始，伊維塔非常不喜歡戚冬雨和自己的夥伴走在一起。他不喜歡，可羅恩也沒在怕伊維塔，照樣找戚冬雨聊天，畢竟喜惡都是個人的觀感，沒有誰能約束別人。

一夥人都看得出來伊維塔不喜歡戚冬雨，就連實驗課伊維塔小組缺少一人也不願意找戚冬雨一組，但其他同學即便找不到組，也不敢找伊維塔一組。

和鼎鼎大名的雷迪少爺同組，雖有面子，但壓力很大！

而戚冬雨的事蹟已傳遍全校，得知赫威家族新轉來的學生很弱，班上同學分組也不願意跟戚冬雨一組，就怕成績被拖累。

於是找不到夥伴一組的戚冬雨最後在羅恩和柯爾的幫助下，和伊維塔等人一組。起先伊維塔很反彈，實驗課時乾脆當作沒有這個組員。

戚冬雨自告奮勇要清洗實驗器具，有眼睛都看得出來伊維塔不喜歡自己，既然好不容易有組別，她不想在意這個。

現在能從學校吸收多少知識，才是重要的。

沒錯，伊維塔那些話儘管惡毒，可是說得很對，沒有能力的弱者拿什麼保護別人？連自己都保護不好了！

柯爾那天事後有跑來宿舍房間關心她的身體狀況，幸好去趟醫護室治療後沒有大礙，她畢竟還沒完全掌控星能量，星能量不僅能拿來擬態化作為武器攻擊，也能保護。

可惜戚冬雨擁有生命領主基因的平凡人，暫時拿捏不好這個要領，就連訓練場的虛擬實境體驗，嘗試了三遍才抓到操作要領。

一般ABC等系所學習科目囊括各種項目、文、商、戰鬥、資訊類型，培養學生能文能武，每日課程十小時，比起專業系所多出了兩小時。

除了滿堂十小時課程，戚冬雨預約學校鬥技課專屬的訓練場，學習控制體內的星能量。

戚冬雨拔下頭盔，雙腿往前伸直，座椅向後滑出軌道，遊戲艙燈光從紫燈轉白燈，雙版銀幕閃爍出局的字樣。

不知情的人會以為戚冬雨不讀書跑來這裡玩遊戲。這是哈姆斯訓練場很特別的實境體驗，當過學生的人都知道，學生很討厭讀書考試，喜歡打電動遊戲，當然，也是有部分知識份子喜歡讀書，於是哈姆斯就把訓練場所打造成遊戲艙的外型，讓學生不對讀書產生排斥。

「冬雨，需要有人陪你練習嗎？」狹小的操作艙外響起柯爾柔柔的聲音。

「小蘋果，你都來了還問這種話，在宿舍一直聽到你開口閉口都是冬雨、冬雨～」

戚冬雨不意外他們又來了，連續多天，羅恩、柯爾兩人常常往這裡跑，起先柯爾知道她在練習，主動說要陪練，其實柯爾太明顯了，戚冬雨看得出來他想指導。

這個好意戚冬雨接受，有朋友督促教導會比獨自一人摸索還要學習更快，可是接受歸接受，她不想每次練習時身邊都跟著「老師」，總要自己試試看。

「我、我……」被羅恩說得難為情，柯爾杵在入口不進來。

羅恩提肘頂了頂柯爾的腹部，笑得邪惡，「好啦，我捉弄你的嘛。小雨現在全身溼答答的，你還楞著做什麼呢？」

喂，羅恩這詞用得不恰當！戚冬雨滿臉囧色，哪有全身溼答答，是流汗啦！受不了，羅恩老愛用些令人遐想的詞彙扭曲事實。

「對吼，我差點忘了，這樣不行，會感冒的！」柯爾拎著一條毛巾小跑步上前，用著十分輕柔的力道替她擦汗，只不過柯爾擦得太久，同個部位反覆擦拭，皮膚被磨擦得有些疼呢！

戚冬雨不習慣男生近距離幫忙，作勢搶回毛巾，羅恩走上前，搶先一步。

「我來好了，小雨好好的皮膚都被你擦到紅了。」羅恩羨慕戚冬雨的好肌膚，不願見到柯爾破壞這份完美。

柯爾回過神，扭捏著手指，「啊！冬雨，抱歉，我只是想照顧你，沒想到越用越糟糕。」

「我沒事情啦！謝謝你。」戚冬雨安慰柯爾，她知道他是出自真心。

「柯爾很喜歡照顧人，做事認真、慢熟型，也不容易和陌生人打成一片。」羅恩一邊說，拿出藥膏，指腹抹了些許，塗抹脫皮紅腫的部位。

「那你呢？也喜歡照顧人？」戚冬雨見羅恩竟親自動手幫忙抹藥。

「冬雨，不是這樣的。羅恩喜歡美麗的事物，因為你的皮膚很好，他不願看見你皮膚露出半點瑕疵。」柯爾在一旁解釋羅恩的舉動。

戚冬雨恍然大悟，「難怪你動不動問我要不要補妝，動不動看見你拿鏡子照來照去。」

「小雨，告訴我，你的肌膚如何保養？」這個問題他思考很久了。

「呃……」這個問題問倒了！戚冬雨想了一下，答道：「我也不清楚，平常我不喜歡擦化妝品，注重保濕和防曬。」

「防曬我有擦。」

「就算待在家，我依舊會擦防曬哦。」戚冬雨想著細節。

羅恩驚訝道：「有必要嗎？」

「當然必要。」戚冬雨說著，疲倦地伸伸懶腰，臉上露出疲態。

心思細膩的柯爾見狀，跳出來阻止羅恩繼續追問，因為柯爾知道，一旦聊起美妝保養的話題，羅恩會聊得沒完沒了。

「讓冬雨去休息，以後有機會再說。」

「我們去外面透透氣，我練累了想休息！」戚冬雨內心感激柯爾的細心，三兩步溜出遊戲艙，接著站在遊戲艙外左右張望。

緊跟在後的羅恩捕捉到她的視線，悄聲在耳際旁說道。

「怎麼，怕被誰看見我們講話嗎？」

戚冬雨尷尬一笑。羅恩搭上她的肩膀，「我說過了，我們想跟誰交朋友，是我們自己的決定，和伊維塔無關。況且，他那個人本來就比較冷漠，除了我們幾個，他沒別的好友。」

看得出來羅恩和伊維塔的感情很好，好到能損自己的好友。

柯爾帶著靦腆的笑容說：「冬雨，你很認真，要對自己有自信。」

「謝謝你們，能認識你們我很高興。」戚冬雨尊重羅恩的決定，她擔心的是會影響羅恩和伊維塔之間的友情，可如果友情有那麼容易因為她一人而受影響，那就不是好友了。

「目前身體開發如何？」羅恩轉移話題。

戚冬雨一時半刻沒理解，旋即轉個念想終於明白，「你是說星能量吧。」她走到一台通體黑的機器面前，機身繪有四大家族的家徽，龍族、巨人族、獸人族、吸血族，這台機器能檢測人體存在多少的星能量。

將雙手放在有一半身高的燙金檯子上，戚冬雨利用聲控方式命令機器掃描，「進行初步偵測，開啟。」

機器發出滴滴的運轉聲，正等待機器回報身體素質，戚冬雨朝坐在後面靜待的羅恩投去一眼——看不出來他是類似於吸血鬼的哈貝爾星人。

雙胞胎羅恩及羅珞・戴斯是吸血族，明顯的判斷標準是兩人皆有鋒利的獠牙、一對雪白羽翼，就像地球有吸血鬼的傳說。

柯爾是巨人族，所以他的身高高出同齡男性很多，她甚至至會想，這麼高會不會找不到女朋友。塞西冥是獸人族——證明開學典禮那天，她沒有看錯，塞西冥真的有條犬尾巴。

至於很討厭她的伊維塔是龍族，目前她沒有在他身上看過一絲非人類的特徵，彼此間鮮少在宿舍內講話，有時候她睡了，他才回宿舍。

「融合度：50％；未開發：30％；契合度：90％；體力值：50％；總能量：70％。攻擊能力：40％；防禦能力：40％。」

「脆弱如螞蟻、脆弱如螞蟻～」這台機器除了會偵測人體素質，還擁有人工智能，此刻就針對檢測出來的結果發表感想。

連機器都欺負人！戚冬雨嘴角抽搐，忍住不踢這台機器。

看這個結果還算不錯，她已能掌握50％的星能量，此外，從外表更能看出變化。被赫威家族帶來哈貝爾星球後，一頭黑髮隨著體內星能量覺醒轉變為粉紅色。

艾加倫曾跟她說這是生命領主基因正在覺醒，不用過於擔心，每個人對領主覺醒能力有不同的特徵，所以真的不需要擔心有人認出粉紅髮就是生命領主的基因特徵。

好看是好看啦，可是這副模樣很像外星人。

「冬雨繳交個人素質評比表了嗎？」

「今天交了。」戚冬雨看向柯爾，怯怯問道：「對了，野外訓練營活動需要花錢購買防護裝嗎？」

哈姆斯每個學期都會舉辦一次為期四日的野外訓練營活動，將班級學生分組，必須和一群男生在營地活動。

柯爾拍胸脯保證，「父親說你可以開清單，我會再拿給父親。你不用擔心錢的問題，只要準備好行李，搭乘學校專車一起前往就好！」

錢不是問題啊！戚冬雨勉強的笑了笑，心裡正在淌血——

聽同學說，露營地是間大澡堂，大家光溜溜坦誠相對洗澡，她很苦惱，很想跑去跟導師說家裡有事情不方便參加，可是這個活動是學校規定學生必須參加，任何理由都不受理，除非喪假。

她去哪找喪假請啊！雖然和赫威家族有秘密協議，艾加倫能給予她一切學業上的金錢支助，卻不會幫助她避開。

因為這是她個人必須扛下的責任。

凝視戚冬雨的墨綠色眼眸微微彎起，羅恩走上前關懷，「看起來有心事呢，說來聽聽，我願意聆聽你的煩惱。」說著，他伸手摸了摸她的臉頰。

以前在地球時，戚冬雨不曾被男生這樣近距離觸碰過，她臉一陣熱，抓住那隻賊手。

「我、我是男生，不要動不動就毛手毛腳！」為了掩飾害臊，戚冬雨挺直身子，刻意壓低嗓低斥。

羅恩一愣，噗哧輕笑，「你這樣很像欲蓋彌彰唷，我什麼都沒說呀~我只是很羡慕你的肌膚。」

「咳，我的意思是說，男生不該有太親密的肢體接觸，會讓人誤會！我相信，你聽從我的建議，假以時日肌膚會跟我一樣好的！」

就因為自己皮膚好，所以老被他毛手毛腳嗎？這樣的行為真的很像同性戀。戚冬雨不會歧視同性戀，只不過現在自己身分特殊，極力避免與異性肢體接觸。

柯爾眨了眨眼，觀察那兩人的互動，蹙眉道：「羅恩，不要捉弄冬雨啦。」

「小雨的臉就很好摸，而且害臊時，表情就跟你一樣臉紅通通的。」

羅恩的一席話，再次讓柯爾和戚冬雨臉紅。

戚冬雨義正嚴詞地說，甚至情緒已有些怒意：「我不喜歡，我是正港的男子漢，不想被別人誤會是同性戀！」

柯爾驚訝看著戚冬雨，早知道羅恩就愛捉弄人，會不會太激動了點？

羅恩則是笑了笑，不在意戚冬雨的怒火。

意識到自己反應過大，戚冬雨尷尬的摸摸臉。

——希望不要跟羅恩同一個帳篷！她拼命祈禱。

※※※

練習完的戚冬雨離開訓練場。今天和羅恩及柯爾聊天太久，差點做不完練習。她每天都有給自己安排進度，沒有跑完進度是不會回宿舍休息。

糟糕，得快一點，十二點宿舍大門會自動上鎖。雙腿因為練習變得痠痛，戚冬雨還是火力全開往宿舍大樓衝去。

第一次入學便知道哈姆斯校地很大，有時候學生會搭乘飛行校車在校園內各大樓移動，然而現在時間晚了，戚冬雨沒有飛行校車能搭，只好徒步走回校舍。

走路路程花費時間約有三十分鐘，如果沒有時間上的壓力，倒是能輕鬆從訓練場回到宿舍，但現在宿舍門禁就要關門了，她急得像熱鍋上的螞蟻。

這條道路筆直又長，東向西延伸一千五百公尺，街道的前半段由綠地包圍，地勢平坦，後半段接近宿舍則是花園，地勢慢慢增高，宿舍蓋在半山腰。

尤其中間段有個大型廣場，學生組成的樂團時常在廣場活動。

體力不好的，奔跑上坡就像爬山一樣，很多學生都是搭乘飛行校車上下移動，已經入學幾周的戚冬雨都是搭乘校車移動，這是第一次爬坡。

遠遠的，她看見一抹碩長的背影站在宿舍門口，似乎準備關上門。

「啊啊啊啊，等等我，別關啊！」累得像條狗的戚冬雨邊喘氣，邊發出殺豬般的叫聲。

喀擦。

就在戚冬雨只要往前撲過去就能碰觸到大門，眼睜睜看著鐵門在面前闔上，視線緩緩往上移，關上鐵門的學生是個很高的男生，肩上披著一件寬大的西裝外套，單手插在口袋。

先是砰的一聲，戚冬雨煞車不及撞了上去，然後彈到地上哀號。

「唔啊！」她摀著疼痛的屁股，惱火地抬頭想看對方是誰，明明都大喊要等人，沒想到還關上門。

揚起的憤怒目光對上了對方的眼眸，此時那雙鮮紅色眼眸淡漠的睨著，戚冬雨準備開罵的話語頓時卡在喉嚨。

怎麼是他？戚冬雨心裡仍是生氣的，可是和伊維塔的關係本就不太好，一時間不知道要說什麼。

一旁的長髮女孩察覺到兩人對視的目光頗有古怪，輕聲細語問道：「呃，伊維，你認識他？」說著走上前，想打開鐵門讓戚冬雨進來，不管認不認識先替這位同學開門好了。

「同班的，赫威家族遠親，戚冬雨。」

長髮女孩「哦」了聲，看向戚冬雨的眼神變成「原來學校在傳的就是你」，打開鐵門彎身扶起仍啞口無言的戚冬雨。

戚冬雨當然有看見長髮女孩的眼神，學餐事件已經傳遍整個校園，沒有人不知道赫威家族來了一個弱夫，她已經對種種眼神習以為常。

「謝謝妳。」

長髮女孩搖頭表示不謝，這時伊維塔又開口說：「我們走吧，送妳去女宿門口。」說罷便兀自轉身揚長而去。

「好。」長髮女孩溫柔地向戚冬雨道別，跟上伊維塔的腳步。

「一點紳士風度都沒有，說要送人回女宿，結果自己走很快。」只剩下戚冬雨一人站在門口，夜風呼呼地吹著。

※※※

回到宿舍房間，戚冬雨趁著伊維塔送長髮女孩回女生宿舍還沒回來，想先把束胸解開，每天二十四小時穿著束胸，又怕束不緊被別人發現是女生身分，勒得快喘不過氣，渾身不舒服。

快速把束胸脫掉套上制服襯衫，就在這時，門被推開來，寢室室友伊維塔走進房間。

「嚇！」戚冬雨雙手壓住胸口，驚愕的瞪大眼睛，三魂七魄已被嚇出身軀。

伊維塔推門進來沒有注意房內是否有人，一見戚冬雨宛如見鬼的表情，他皺眉，雙腿止步不前。

「你幹嘛不敲門。」幸好已經把襯衫穿上，否則她這下子死定了，女生秘密如果曝光，赫威家族一定會先對付她。

伊維塔若有似無嘆了口氣，鮮紅色眼眸鄙夷的看去，臉上表情清清楚楚寫著：白癡問白癡話。

的確是很無理頭的質疑句，戚冬雨如果沒被嚇到魂飛魄散，是不會問這種白癡問題。這是他們兩人的房間，自己走入自己房間還要敲門？

「你的腦袋在身上嗎？星能力素質沒完全開發就算了，連基本的腦袋都不用戴在身上？怎麼，難道你的腦袋還停留在遠古時代，猩猩還是猿人？」

這是戚冬雨認識伊維塔以來，聽見最長、最毒舌、最貶低人的一句話，罵得一文不值。

戚冬雨的臉色青白交錯，可也無法反駁，自己的確質疑很白癡的事實，可是說她是猿人太過分了吧！

伊維塔見戚冬雨表情不為認同，改了個詞，「不是猿人？哦，那就是單細胞生物。」

「我只是太驚訝。」戚冬雨覺得自己的聲音是硬從喉嚨吐出來。

伊維塔低低嗤了聲，邁步走進來，單腳一旋關上門，沒再回應。

戚冬雨嘟囔：「奇怪，你今天火氣很大，我哪裡惹到你了？我叫你幫我開門你也沒開，我後來也沒求你，你到底在不爽什麼？要不爽的人是我吧。」

伊維塔神色僵硬的別過臉，「……看到你就讓我不悅。」

他就不能換個答案嗎？戚冬雨氣呼呼地鼓起雙頰，本想轉身抱起換洗衣物，瞥見剛剛脫下的束胸內衣扔在他床上，嚇得她心吊到嗓子眼。

眼角覷見伊維塔邊低著頭滑手機，慢慢走向床鋪，她忙不迭的撲向床鋪，一把抓住束胸內衣，揉成一團和換洗衣物藏在懷裡。

「你現在是幹什麼?!」伊維塔青筋曝露，「這是我的床不是你的，誰准你可以擅自觸碰，給我下來！」他本來心情不好，沒想到這個笨蛋室友莫名其妙撲向床鋪。

「你、你誤會了！」她是因為太緊張，才會整個人撲向床鋪，現在一屁股坐在床的正中央。

伊維塔手掌握住戚冬雨的腳踝，企圖拖下來，可沒料到對方如受驚的貓兒瘋狂蹬腿掙扎。

「喂，你放開我啊，幹嘛抓我的腳？對不起啦，我不是故意的。」戚冬雨本能地抓著棉被，這個舉動卻讓伊維塔以為她死不下來，加強手裡的力道。

「唔！」腳底一滑，伊維塔筆直地朝戚冬雨跌倒，可他反應極快，單手壓著床鋪，雙腿呈跪姿，兩人姿勢呈一上一下。

以為會被撞疼的戚冬雨慢慢地睜開眼，與他紅色眼眸四目相接，彼此的距離近得鼻尖再往前一公分就能碰到、能看得見對方眼底中的自己模樣。

撲通──

戚冬雨第一次被男生壓在床鋪上，頓時間不知所措，開學以來捍衛的男子漢的氣概被與生俱來的女孩嬌羞取代。

鼓譟的心跳大得耳邊能聽見，戚冬雨下意識的雙手摀住胸口，眼神飄忽不定，羞赧的不敢看伊維塔。

撲通撲通撲通……躁動心跳使伊維塔微微瞠大眼眸，渾身僵硬。他第一次感覺很陌生，為什麼會對一個男生室友有悸動的感受？

戚冬雨覺得空氣稀薄，終於忍受不了，大叫一聲推開伊維塔。「對不起，我真的不是故意的！」

伊維塔促不及防被狠狠推倒在地，狼狽地坐在地上，看著戚冬雨抱著衣物衝出房間。

他在搞什麼？剛才是傻了嗎？伊維塔溫吞的爬起來，坐在床邊捫心自問，都是戚冬雨害的，明明是男生，卻露出女孩子才有的模樣。

鈴鈴鈴──

一陣悠揚的來電鈴聲打斷伊維塔紊亂的思緒。輕敲下紅寶石耳環，一幅虛擬視訊螢幕跳到眼前，畫面中出現一名俊美的黑髮紅眼男人，五官神似伊維塔，氣質卻充滿威嚴，眼角的魚尾紋顯示出他年長的年紀。

「和西西娜亞小姐聊得愉快？」

伊維塔不情願的回答：「……嗯。」

今天被迫加穆的要求，和西西娜亞家族的獨生女相親，儘管厭煩，但他很清楚，如果無法找到匹配自己基因的異性，雷迪家族就很有可能斷送在他這代。

再來，送西西娜亞小姐回宿舍時，西西娜亞小姐說還沒去過訓練場，順勢陪她去訓練場看看，沒想到看見戚冬雨、羅恩、柯爾邊練習，邊有說有笑。

所有悶在內心的情緒再看見戚冬雨跑來，在宿舍大門口撞見後，一股腦兒湧出來。

他承認是故意把鐵門關上，故意沒聽見戚冬雨的話，可下一秒後悔了。他意識到自己不知道在搞什麼，居然做出惡劣的舉動。

戚冬雨今天有句話說中，他的確情緒不穩，戚冬雨正巧成為砲灰。

是的，戚冬雨沒有錯，即便他是人類出生，很弱又怎樣，戚冬雨是他看過最認真的學生，懦弱不是致命傷，不願認真努力才是致命傷。

加穆光看表情就知道伊維塔口是心非，「是聊得不愉快吧。」他嘆氣，語重心長的說：「兒子，你有延續雷迪家族後代的責任，如果可以，我倒希望找到戚家的女孩，這樣可以省去很多事情。」

伊維塔聞言，雙唇緊抿，臉色比方才還要糟糕。「父親，有男孩子也能找出改善基因的缺陷，成功繁衍後代。」

前幾天他從父親口中得知，赫威家族將從地球找到的戚家——戚冬雨弄進學校就讀，透過學校一系列課程，開發戚冬雨身體星能量的素質。

只是，連他自己也傻眼，戚冬雨很弱。

「我明白，所以我已經在和赫威家族商量合作，艾加倫有句話說得很對，戚家沒有標上是哪個家族的所有物，我們如果行搶，對我們家族聲譽絕對不好。」

所以雷迪家族自今並沒有率領軍隊殺進赫威家族討人，名不正言不順發動攻擊，只會落人口實。

加穆幽幽嘆口氣，「唉，如果赫威家族找到的戚冬雨是女孩就好了。總之，你要和戚冬雨好好相處。」

之後，父子在戚冬雨洗澡回到房間前結束談話。

兩人入睡前都沒說過一句話，就像吵架的朋友。雖然和戚冬雨很少講話，但有那麼一瞬，伊維塔覺得吵架了，很想打破彼此的心結。

腦海浮現念頭，驅使伊維塔開口說道：「忘了跟你說，儘管宿舍門禁是午夜十二點，但你最好十一點前回來。」

床鋪上方沒有給出任何應答，這讓伊維塔臉上彷彿蒙了一層灰。他閉上眼，打算入睡時，就聽戚冬雨說：

「嗯。」她本想吐槽「你自己不也常常十二點才回來」卻到舌尖硬生生嚥回肚子。

算了，她不想又聽到伊維塔的毒舌。

接著陷入了半刻鐘的沉默，伊維塔不知道戚冬雨睡了沒，卻還是說：「明天早上有野外訓練營座談會，不要忘記。」

他沒有察覺內心已開始漸漸對戚冬雨改觀，這股情緒目前不明顯，只當作是善意的提醒。

「……謝謝，我知道了。」

第四章　替雄性擦澡的掙錢任務

時間很快來到訓練營活動當日，這期間戚冬雨和伊維塔很少溝通，大多過著各自的生活，即便在寢室也很少講話，那日在寢室的談話就像久逢甘霖。

戚冬雨起了大早，拎起行李和同層樓的室友一起搭乘校車前往。訓練營在哈姆斯學園東南方位——沃爺扎森林，這是她第一次踏出校園以外的地方。

一群學生在遊覽車內嬉鬧，或許昨天太興奮了，戚冬雨直到凌晨三點才睡著，現在眼睛酸澀，想歇息。本想小睡一下，卻被羅恩拉到走道唱歌。

校車高度行駛在空中，一條閃動金綠色光軌向著東南方而去，據說，這條通往沃爺扎森林的光軌是哈姆斯建造，斥資三百億元，專屬於哈姆斯校車使用，不必跟其他車輛爭道，由此能見哈姆斯學校的財富程度。

校車駛過都市區的高樓大廈，通過陡峭山壁，穿過漫漫沙漠，來到沃爺扎森林。

沃爺扎森林分為保護區、狩獵區、訓練營區、動物園區、實驗區、觀光區。校車先停靠在沃爺扎森林的訓練營區，讓學生們放好行李，車子便繞往觀光區的統一管理中心。

統一管理中心的斜後方是棟大型博物館，博物館周邊是餐廳和旅館。

戚冬雨暗暗咋舌，沃爺扎森林根本是頂級的寶地。玻璃櫥窗櫃展示許多動物模型，如柯尼克人馬、白豬、紅鹿等奇特的稀有動物，隔壁展區主要是周邊商品的販售，還有管理中心出品的原創商品。

戚冬雨站在放滿鋼筆的玻璃櫃前，好奇的拿起一支造型時尚的筆，百般無聊的旋轉，邊默數價格。

1、2、3、4、5、6、7……七個零，媽呀，一支鋼筆要價百萬。戚冬雨嚇得差點沒拿好鋼筆，戰戰兢兢地放回原位。

「羅恩，你幹嘛按茅廁啦！」

聽見塞西冥暴怒的嗓音，戚冬雨循聲走到歷史區，便見一群人站在模型展示台前面，互不相讓按著展示台上的按鈕。

「剛聽你說想上廁所呀，搞不好你這裡使用的茅廁，會保留你的黃金唷～說不准以後就看到塞西冥．尤金的黃金便便供奉在管理中心。」

戚冬雨和柯爾同時間扶額嘆氣，看見彼此都做同樣的舉動，噗哧笑了出來。

這群人鬧哄哄的，戚冬雨沒有興趣加入探討黃金便便的行列，於是繞到一張老舊地圖的櫃位前，看著上面的述說：

沃爺扎森林在星曆三〇三〇年為沃爺扎．雷迪二世的財產，直到四〇〇〇年發生大規模的殺戮事件，導火線是當地阿利斯泰爾居民生活困苦，濫殺柯尼克人馬，引起哈貝爾居民的嘩然，制止當地人的雷迪家族後代，卻被人抨擊不管人民死活，最後網路形成兩派，一派是支持阿利斯泰爾殺害柯尼克人馬，支持為了不餓死，必須狩獵過生活，另一派支持雷迪家族，不該濫殺柯尼克人馬。

爭論持續將近一個月，直到中立組織——星盟介入，最後成為星盟的國有森林，星盟將森林區域劃分，其中狩獵區能讓阿利斯泰爾靠狩獵灰狼、棕熊、野豬等動物生活，險些滅族的柯尼克人馬則長久居住在保護區。

「阿利斯泰爾……」這名字好熟悉。戚冬雨嘴裡咀嚼著這個名字，好像在哪裡看過。

「一般A等系同學，集合！」

哈姆斯學校學生分成不同區域集合，戚冬雨所屬的一般A等系在管理中心集合，學校會配給一名主任以及三名教官。

A等系學生紛紛聚集在管理中心寬敞的大廳，一看見負責的主任，群體中立刻出現髒話、哀號的抱怨聲，就連羅恩也托著下巴嘆氣。

「為什麼大家都那麼扼腕？」她倒是因為崔西亞主任的美貌感到讚嘆。

崔西亞擁有金髮碧眼、深邃的五官，豐厚的雙唇，墨綠色的貼身軍裝勾勒出她姣好的身材，如果她是男生，一定會流口水。

一旁蹲在地上，模樣煞像小混混的塞西冥壓低嗓子說道：「崔西亞是哈姆斯學校的教戰室主任，出了名的虐待狂，姿勢不對，打；體力不足，打。我就被她打斷一根肋骨。」

羅恩涼涼的開口，「尾巴還被抓住過唷。」

「閉嘴，你最好不要把妹又被抓到，小心你的小弟弟！」

「阿冥，噓。」柯爾發現崔西亞的目光正看著他們，趕緊扯扯塞西冥的袖子。

「塞西冥，一年級的事情你已經忘了嗎？舌頭需要扎幾針嗎?!」崔西亞挪動腳步，軍靴敲在地板的聲音就像槌子落在地面，食、中指捏著一根泛著寒光的尖針。

塞西冥兩掌摀住嘴巴，崔西亞還沒教訓他，他的犬尾巴已經受驚嚇露出來。

能讓火爆的塞西冥這麼害怕，崔西亞一定很可怕。戚冬雨不禁抖著身體，鴕鳥般的靜靜聆聽崔西亞後續的話。

訓練營活動分為低、中、高三級訓練虛擬實境體驗任務，採用積分賽制，前三名得獎小組能得到豐厚的獎金以及學校內使用資源。

活動分組不是抽籤制，而是崔西亞根據報名表上的星能量素質分配，這個活動除了測試學生的體能，也包含智力和團體交際。每個組別裡面都會有幾名星能力素質較弱的同學，中和大家的實力。

戚冬雨被分配到和伊維塔、羅恩、羅珞、塞西冥、柯爾一組，共同執行高級任務。這群人去年訓練營活動也在同一組，今年加進她。

崔西亞簡單俐落說明完遊戲規則就讓學生去用午餐，午餐用畢後在管理中心大廳集合，主任會帶學生去訓練營地。

戚冬雨隨意用完餐，便和組員坐在大廳等待崔西亞，從公布分組名單後，組裡陷入了低氣壓，任誰都看得出來伊維塔臉色很糟糕。

集合時間一到，崔西亞立刻命令學生上校車，前往訓練營地。

抵達現場，崔西亞和三名教官分別領著幾組各就定位，戚冬雨以為虛擬實境體驗是體驗館，沒想到是大片空蕩蕩的草原。草地上有許多黑色機器嵌入土壤，黑色機器呈七邊形環繞。

踩上黑色圓弧形的機器，戚冬雨深呼吸，握緊拳頭，告訴自己：我可以的，都練習那麼久，這次任務一定能順利通過，不拖累夥伴們！

抬起頭，目光剛好對上站在對面的伊維塔，戚冬雨心頭一跳，下意識的垂下臉。這並不是害羞才避開目光，而是伊維塔的目光很古怪。

她說不出來這是什麼眼神，沒有惡意、沒有喜意。

崔西亞佇立在圓圈的正中間，聽著三名教官巡視後報告可以，便透過揚聲器說道：「三秒鐘後出發！」

隨著崔西亞一聲令下，四周的風景在三秒鐘後如乘以十倍的速度快速變化，從廣闊美麗的大草原轉變雜草叢生、貧瘠的土地、高樓大廈、淺藍色的湖泊、裂了大縫的乾涸土地、霧濛濛的沙地、最後變成低矮的木頭房屋。

時光倒流，一一顯示這片土地以前的景色。

「阿利斯泰爾時代有什麼店面能讓我們賺錢呢？」羅恩跳下黑色機器，摸著下巴開始思索。

訓練營活動的任務和校內訓練場模擬風格相似，以遊戲的風格包裝，劇情設定元素則包含鍛鍊學生們的思考、體力，以及團體互助。

他們的任務對象是一名肥胖的城主——阿利斯泰爾二十三世，學生們必須想盡辦法賺虛擬貨幣（阿利斯幣）購買食物滿足阿利斯泰爾二十三世的胃口，提高阿利斯泰爾二十三世的滿意值。

「嘖嘖，我看你去牛郎店好了！不對，這個時候有牛郎店嗎？」塞西冥在手錶上點幾下，拉開一幅虛擬視窗，查詢阿利斯泰爾時代。

阿利斯泰爾時代是哈貝爾星球古老文明之一，在星歷前一〇〇〇年創國，星歷前五〇〇年被洪水淹沒滅亡。

戚冬雨也很積極的查資料，「有花街！」她咦了聲，滑動銀幕的手指停了下來，「百花樓誠徵花魁，薪水面議。」這年頭連花魁也需要招募嗎？印象中，以前看的古裝劇，花街不徵人的。

「花魁薪水不知道多少，要接客應該很多，賣身的話一定賺更多。」羅恩喃喃道，一副準備要去花街似的。

「我們不要去花街！」柯爾討厭人多混雜的地方，他們男人去那邊賺什麼錢，是花錢差不多。

「我想去城主宅邸的御膳房。」羅珞盯著網頁上精緻可口的食物吞嚥口水。

伊維塔淡淡的說，切斷銀幕畫面，「誠徵澡堂工讀生，時薪十阿利斯幣，月薪面議。」

「就澡堂吧。」薪水挺多的。羅恩率先贊同。

儘管組內有許多不同性格的組員，在分歧的意見下，隊長整合大家意見。

最後，在羅恩率先贊同後，其他人也陸陸續續贊同，沒有人有不滿的意思。

一行人來到城中最大的澡堂，建築物不高，整體宛如寺院莊重而華麗，屋簷呈上翹弓狀，入口兩側放置阿利斯泰爾的神像，並擺了張木頭椅子，上面放著一塊板子，板上寫著澡堂注意事項，牆上則貼著徵人啟事。

進入屋內，腰間繫了圍兜兜的員工立刻上前，伊維塔表明來意，隨後，所有人被帶入老闆的休息室。

經過長廊，戚冬雨的目光穿過窗戶望著庭園，這棟建築物呈方形環繞住中央的庭園，園中盛開許多美麗的花朵。

忽然，她看見腳地下的地面是玻璃，錦鯉悠然地在清澈池水悠游。

戚冬雨再次感嘆虛擬景象做得很逼真，彷彿身歷其境。

伊維塔向澡堂的老闆說明來意，雙方交談幾分鐘後，順利錄取，當天立即工作。

老闆叫來員工帶這群新人去倉庫拿工作服就先離開。

戚冬雨抱著工作服，尷尬的垂著臉，怎麼辦，她不方便在這群男生面前換衣服啊！瞧他們自然的脫掉衣服，露出精壯結實的上半身，她的眼睛都不知道放哪，拚死命瞪著地上。

「喂，趕快換衣服啊，我們快點賺錢好買東西去主城跑任務！」已經換好上半身的塞西冥看見戚冬雨仍呆站著，重重拍打她的背部。

嘶！險些被打飛的戚冬雨覺得背部很疼，可是又不能露出太女性化的表情，只好吞下痛楚，勉強說道：「會啦，我會換……」

嗚嗚，拜託你們快換完快離開，為什麼員工更衣室只有一間啊！

塞西冥瞪大眼睛，五指緊握她的胳膊，「呼，你太誇張了啦，我才輕輕一拍，你差點跌倒。」

「我、我只是反應不及，誰叫你突然拍我。」戚冬雨心虛別過臉，正巧迎上伊維塔冰冷的視線，那個眼神分明在說：趕快換衣服，不要拖累人！

不行，她不能在這裡拖累隊友！戚冬雨咬一牙，心一橫，背對所有組員快速解下襯衫鈕釦，一氣呵成套上工作服。

「戚冬雨，你有帶髮套嗎？我的劉瀏海好礙眼。」一隻手突然拍上她的肩膀，嚇得戚冬雨放聲大叫，倉皇轉身。

不只有戚冬雨被嚇到，塞西冥也被她突來的叫聲嚇到，「靠，你是見鬼嗎?!大叫什麼啦！」說著壓住耳朵。

所有人不約而同盯著戚冬雨，她則是漲紅臉，懊惱地咬緊嘴唇，歉疚地說：「對、對不起，我只是稍早前在網路上看到，聽說這間澡堂鬧鬼，我害怕嘛。」

伊維塔依然用著冷冷的眼神盯著戚冬雨，然後轉過臉不再理會。

其他人則是爆笑，尤其羅恩主動攬住她的肩膀。

「別怕別怕，有我在呢。」

「嘖嘖，有你在才該擔心，花街的女鬼不知道會不會來找你這位花花公子。」

「沒關係，我把女鬼介紹給阿冥～」

「少拖我下水啊喂！」

戚冬雨扶額，重點錯誤了啊！不是要安慰她嗎？為什麼開始吐槽羅恩？

不過她仍感受到組員們對自己的友好。想至此，她笑了出來。

※※※

阿利斯泰爾二十三世愛吃的零食：禦菱葩、菊燒殘月、夜梅、海之糕。

阿利斯泰爾二十三世的興趣：不拘

阿利斯泰爾二十三世的外貌：？

阿利斯泰爾二十三世的感情史：阿蘭，據說五年前阿利斯船號啟航去外地採購時，船上兩百多人全數罹難，原本阿利斯泰爾也要一同前往監督，卻臨時取消。

阿利斯泰爾二十三世常出沒之地：宅屬性，五年前開始深居簡出，幾乎沒有民眾看過，在王城內也鮮少露面，議事時總在簾子後面聽政。

阿利斯泰爾二十三世的性別和年齡：處男，二十歲

……戚冬雨目瞪口呆地看著筆記本紀錄的內容，這位阿利斯泰爾二十三世的所有經歷好特別，特別到她不知道從何下手。

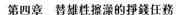

她煩躁地抓抓頭髮，坐在春之閣澡堂外的階梯，拉出網頁資訊，邊盯著手裡的筆記本。

澡堂上午九點開門營業，晚上九點打烊，中午十二點休息二小時，於是她趁著中午休息時間外出市集探訪城鎮的居民，當地居民的資訊或許比網路的資訊來得準確許多。

經過兩個小時，居民對阿利斯泰爾二十三世的認知不多。阿利斯泰爾二十三世很喜歡吃美食，這座城鎮的師傅幾乎都被阿利斯泰爾二十三世叫去宅邸烹煮餐點過。

阿利斯泰爾二十三世只交往過一個叫「阿蘭」的女孩，住在城東第三間茅屋，家裡做麵攤的，有一次前任城主擔憂兒子的食慾問題，意外發現阿蘭麵攤十分好吃，於是讓阿蘭的母親進城替兒子料理三餐。

阿利斯泰爾二十三世很喜歡阿蘭麵攤，於是阿蘭進王城替阿利斯泰爾料理晚餐。

據說阿蘭現在居住在王城中；據說阿蘭和阿利斯泰爾二十三世結婚；據說阿蘭被阿利斯泰爾二十三世賜死；據說阿蘭還沒進宮前就和王城有聯繫。

阿蘭不在城外，戚冬雨可以肯定，因為調查下來，城內沒有阿蘭的足跡，這麼說必須盡快去王城一趟，就能知道始末了！

戚冬雨捋起袖子，先開始工作湊足金幣進王城！

晚上六點整，西下的夕陽沉入地平線。

澡堂熱鬧起來，城鎮上的居民喜歡來春之閣澡堂聊天，一群男性聚集在大眾澡堂什麼都能聊，有時候花街的話題更能炒熱氣氛，即便不認識的男性，都能經由花街話題和別人聊得熱絡，還可以從客人口中得知阿利斯泰爾相關資訊。

「我沒有調查到阿蘭和阿利斯泰爾的浪漫愛情，平民和王子的戀情一定會在市集傳得沸沸揚揚，甚至會被加油添醋成美德。」塞西冥剛刷完背，送走一位客人，他立刻掬了把水撲到臉上，帥氣的拂過額前的碎髮，可惜這間澡堂都是男性，如果這個舉動在花街出現，姑娘們會爭先恐後伺候塞西冥，奉為上賓。

「聽說阿利斯泰爾長相帥氣，還和身邊的男侍衛相戀，那個侍衛據說很忠心呢。」羅恩將自己調查的資訊說出來。

「同性戀？」戚冬雨驚訝。

「以訛傳訛，我不信。我覺得阿利斯泰爾的戀愛對象就是阿蘭。在歷史上，阿利斯泰爾是很正常的君主。」柯爾信誓旦旦的說。

「同性戀愛不好嗎？也挺浪漫的，如果真要找戀人，我當然要找跟我一樣皮膚完美無瑕的伴侶。」羅恩一邊說著，伸手揉揉戚冬雨的肩頭。

戚冬雨臉色僵硬，正想推開羅恩的賊手，塞西冥搶快一步，狠狠地打了下去。

「沒個正經！」

柯爾默默地走到戚冬雨和羅恩之間，硬鑽了一個空位出來坐下。

「如果這是歷史中沒有記載的八卦，我們等於是挖掘到秘密了。」

「我知道我很帥，你們不用明目張膽的吃醋嘛！」羅恩口中的你們，指的是塞西冥和柯爾。

「醜八怪，你哪來的自信！」由於當了很久的好友，塞西冥火爆的性格依舊不改，罵人沒想到要修飾。

「阿冥……」柯爾覺得說過頭了，就怕羅恩自尊心受傷。

「我知道你想引起我的注意才罵醜八怪，阿冥，欣賞我就明說。」羅恩動手撥了撥頭髮。

戚冬雨沒把注意力放在沒營養的對話上，而是思考著羅恩的想法有幾分可信，因為居民對阿蘭和阿利斯泰爾兩人的感情太默不關心了。這個道理就像她那邊的世界，有些國家如今仍保有皇室，皇室迎娶平民這等驚人消息，怎麼可能不成為民眾津津樂道的議題？

「喂，你這人發什麼呆啊？我付錢升級為刷背服務，不是讓你來發呆的！」忽然，男客人揚起怒眉回瞪戚冬雨。

「啊，對、對不起！」一不小心就恍神了，戚冬雨戰戰兢兢的刷背，這份工作得來不易，如果被投訴就糟糕了。

身畔響起一道細碎的低哼聲。戚冬雨不用看都知道是誰在哼，伊維塔是小組中賺錢速度最快、服務效率最高、最受客人讚揚的刷背員工。

她以為大少爺做起服務他人之事會很拖沓，沒想到效率比想像中還要好。

貴族少年淪為刷背少年，哈哈哈！

不行，她不能被伊維塔看扁！

戚冬雨收起玩笑的心思，卯足全力刷背，一個接著一個刷背、送走客人。一整天下來，她至少接了三十位客人。

「謝謝光臨，希望下次還能替您服務唷！」

戚冬雨面帶笑容送客人離開，要不是為了錢，誰想每天起床開始工作，就是看全裸的男性？

「我要你給我服務！」一隻手抓住她的手腕。戚冬雨怔愣揚眸，只見一名下半身圍著毛巾的男人站在面前，年紀約三十歲上下，整體身材略顯豐腴，腹部有些圓滾滾，那態度就像付了錢的老大爺。

男子說完後拉了張小板凳坐下，沒給戚冬雨答應或拒絕的機會。

對面的柯爾皺了皺眉，對這類型的客人感到反感。這幾天他也有接到傲慢的客人，可是這種人出手很闊，是標準的有錢公子哥。

對於急需錢的人，最希望接到貴族，有時候還能另外收到小費。

他放下刷背巾，作勢起身，下一秒卻有隻手拉住他。柯爾往旁一看，羅恩向他搖了搖頭。

柯爾正遲疑著，已聽見戚冬雨答應，「是。」

來到澡堂工作，戚冬雨學會如何辨識客人的階層，雖然這些客人都只圍了一條毛巾進來，但能從他們的體態、講話模式聽出一二，像這種命令式的口吻，屬於位階較高，有養僕人的貴族。

只要伺候得好，還能賺到額外的小費。

戚冬雨渾身鬥志，認真的替客人刷背，就在替男子沖水時，聽見對方說：「十五幣，來我家替我服務。」男子用著命令式的口吻說話，而不是詢問式的問話。

戚冬雨面有難色，用公式化的語氣回絕：「非常抱歉，我是這裡的員工，不能擅自接客。」

「十五幣。」

本來挺心動的，她卻感到憤怒，感覺被人以錢買下。她再次委婉拒絕：「非常抱歉。」

「你知道我是誰嗎?!」很典型的仗官威脅別人。

我靠，誰管你是誰啊？你是我爸爸媽媽我也不甩你啊！戚冬雨內心狂謾罵，臉上卻依然強迫微笑。

男子的聲音突地拔高，但在吵雜的澡堂裡，並沒有受到多數人的注意，唯有同條走道的客人望了過來，以及同組夥伴。

「我是阿利斯泰爾的叔叔。」男子說完驕傲的揚了揚腦袋。

王八蛋！好大的官威呀！皇親國戚就可以耍官威嗎？戚冬雨很想這麼反嗆，但還是忍下來。

「很抱歉，我——」話還沒說完，戚冬雨只覺得手腕一痛，身子忽地向前撲去，硬生生被男子拉近。

「我看你是皮癢了，敢藐視我，信不信我讓你無法在這裡工作？」

「你……」戚冬雨陷入兩難，澡堂規定不能另外從事兼職工作，但她擔心這位鴨霸客人會把事情鬧大，服務業的宗旨是以客為尊，但不是以奧客為尊。

一旁的伊維塔皺緊雙眉，緩緩地站起來。戚冬雨眼角察覺，先是咬緊下唇，然後開口道：「先生，這是老闆的規定，不如去請示我們老闆，如果可以，我欣然接受。」

「哼，我堂堂一個貴族居然還要請示老闆。」男子聽了不但沒有消氣，反而更怒了。

「嘶。」被掐緊的手腕隱隱作痛。這個死白目，越掐越用力，戚冬雨正準備開口說話，脖子倏地一緊。

她驚惶一看，男子的大手捏住衣領，等於把她的脖子勒緊，他的胳膊非常接近胸部！

「冬雨！」對面的柯爾驚覺事態嚴重，匆匆忙忙跑來。

眼角瞥見伊維塔預備出手相救，同時間，男子將戚冬雨往前扯，她驚駭大叫：「不！」

話聲方落，戚冬雨靈活地抬腿踹向男子的腹部，攫住衣領的手掌鬆開，她趁勢掄起拳頭揮向他的臉龐，卻沒想到對方彎下身的同時，泛著粉色光芒的拳頭擊中他的脖子。

饒是普通的女孩子是不可能有力量將成年男子打飛，何況戚冬雨根本還沒練就一身厲害的武鬥，可她做到了。

男子被高高打飛，掉入中間的池子裡，激起水花，原本在聊天的客人不約而同、目瞪口呆看著突來的景象。

澡堂頓時間陷入漫長的死寂。

墜入池子的男子在下一秒衝出水面，手裡握著一把用星能量凝聚的長刀，狠狠朝戚冬雨揮砍而來——

揚起臉，刀光殘影唰唰唰從四面八方湧來，幾乎沒有間隙能夠逃過，戚冬雨心跳霎那停止，渾身僵硬沒有任何動作。

然而對方的刀光還未打中，體內有股神秘力量驅使她，彷彿有條看不見的線指揮木偶下一秒的動作，本就盈滿畏懼的紫羅蘭色眼睛染上一層淡淡的粉紅色，微斂的眼神浮現陌生的肅殺。

戚冬雨足尖一蹬，輕盈上躍，在半空中轉了一圈，閃過暴雨般的刀光。那優美的跳躍翻圈姿態，不禁讓周圍的客人吃驚得合不攏嘴。

就連同組成員也十分詫異，尤其時常跑去訓練場看戚冬雨的羅恩和柯爾，神色異常肅穆。

指尖燃起一抹赤火的伊維塔步履收住，用大拇指擰熄，皺眉凝視眼前的打鬥。

在半空中翻圈不過兩秒鐘，雙足落下之前，戚冬雨的雙手向前一揮，數道粉色箭雨刺入反應不及的男子。

撲通一聲，男子再次跌入池子，掩蓋戚冬雨落地的砰咚聲響。

少女微躬背，姿勢猶如預備起跑的跑者，微微彎起滿意的笑弧。驀地，她耳根子微微一動，飛快轉身，右手以迅雷不及掩耳的速度攫住迎面而來的不明物體。

她攤開掌心，是一塊肥皂。皺了皺眉，她揚眸看向扔來肥皂的黑髮少年。此時，伊維塔正用興味的目光盯著。

「伊維，你做什麼？」柯爾走上前，詫異伊維塔的舉動。他轉頭對戚冬雨問道：「冬雨，你還好嗎？」

「啊？」其實早在接到肥皂時，戚冬雨就已經清醒，只是不明白為何伊維塔要扔肥皂過來？

鬧事的男子呈現昏迷的狀態被塞西冥從池子拖出來，並拉到一旁檢查身體狀況，令人詫異的是，他體內的星能量十分薄弱，彷彿被人打出體內，虛弱到無法用星能量維持體溫。

後來，澡堂老闆介入處理此事，所幸男子並無大礙，在塞西冥簡單灌輸星能量後恢復穩定的呼吸，只需要讓他的僕人們帶回宅邸。

送走昏迷中的男子，澡堂老闆將所有人叫去詢問，並問了在場的客人，總算明白前因後果。即便是男子先製造紛爭，不論你有沒有做錯，毆打人就是不對。

所有人被扣掉一整日薪資，等於今天都是做白工。老闆訓完話後澡堂仍要營業，便讓他們回澡堂工作。

剩下三小時的工作時間，組內蔓延一股死氣沉沉的氣氛，每個人不發一語專注工作，反覆刷背、沖澡的步驟。被扣掉整天的薪資，誰還有空聊天？不如抓緊時間多接幾個客人。

身為事件的主要人戚冬雨，情緒更為低落，滿腔的愧疚隨著時間流逝越積越多，多次想專注在工作上，可專注力飄忽不定，滿腦子想著：早知道不要打架、早知道……無數的早知道。

好不容易捱到九點收工，澡堂內客人全數走光，戚冬雨扔下刷背巾，衝著正準備離開的組員說道：「對不起，我鬧事了！」

「冬雨，沒關係，我們有很多人，錢很快就能賺回來。」柯爾溫柔的安慰。

「對啦，你就別在意了。我今天接了比往常還多的客人，何況那種奧客，如果是老子我啊，早就打到他下不了床！」塞西冥阿撒力的擺擺手。

羅恩拿著計算機答答的按著，誠實地說道：「你們都太天真了，我剛剛算過扣掉今日的工資，我們整整少掉三百幣，進宮會面阿利斯泰爾需要二百幣、阿利斯泰爾喜歡的海之糕點需要一百幣，再加上還要買其他甜點，總不能只有海之糕吧？然後每人每日工資十幣，我們組員有六個人，一天只有六十幣，我們還需要……唔唔啊！」最少三天才能湊足錢幣。話還來不及說完，便被一隻大手摀住嘴巴。

「閉嘴！」塞西冥用著氣音說道。

聽了羅恩的話，戚冬雨臉色蒼白，頭垂的更低了。

「冬雨，難過的話吃一塊魷魚絲。」邊說著，羅珞從袋子裡面抽出一根香噴噴的魷魚絲，聞一下，放入口中，幸福的滋味令他不禁讚賞的點頭。

塞西冥無奈地瞪了羅珞一眼，「你這個吃貨沒有煩惱真好。」

「不管怎樣，事情還是因我而起。」很感謝組員並不怪罪自己，但戚冬雨還是愧疚。

「好了，今天輪到冬雨留下清掃澡堂，而我今天負責準備大家的晚餐，工作整天都累了。還是冬雨，你想今天暫時跟我換嗎？」柯爾擔心戚冬雨留在澡堂會想起今天的事情，主動提議。

「啊，沒關係的！我負責把澡堂清洗完畢。大家先回租屋處休息用餐，我很快就回去！」

既然戚冬雨回絕，柯爾不好意思再說什麼，塞西冥先步出澡堂，再來是戴斯雙胞胎，接著是柯爾，剩下伊維塔沉默地佇立在澡堂入口。

戚冬雨正困惑不解，就聽整個晚上沒有開口說話的伊維塔，第一話就是：「不用道歉。」他的聲音清冷，聽不出起伏。

戚冬雨誤會，以為伊維塔認為她沒救了。

她抓著衣襬，低落囁嚅道：「伊維塔，我知道你一定不想聽我道歉，但我真的感到很對不起，害你們被扣工資……」

不知怎的，看見她這副表情，伊維塔沒來由一肚子火，「你聽不懂我的意思嗎？腦袋該不會是被那個男人打傻吧?!要不要等等順便刷你的笨腦袋？」

「啊？」

「我什麼話都沒說，就知道我想什麼了？不要擅自給我解釋任何事情，也不要揣摩我的情緒。」

「你……」還沒說完的話再度被打岔。

他呼了口氣，薄唇抿後啟唇道：「這一次，我覺得你做得很好。」原本稍顯激動的聲線緩下來，伊維塔微微轉過身子，拋下這麼一句令人驚駭的話就揚長而去。

這一次戚冬雨目瞪口呆瞪大眼，她沒聽錯吧？太陽從西邊出來嗎？伊維塔居然誇獎人了！

這不是做夢吧？她有聽錯嗎？戚冬雨用力捏了臉頰一下，吃痛的感覺證明不是夢境。

從開學起，伊維塔從沒對自己和顏悅色過，明明這次是她鬧事，卻被誇獎了？

所以，以後常常犯錯就能得到伊維塔的誇獎?!

戚冬雨用力地拍打雙頰，搖頭甩掉不該出現的想法，「啊不行不行，我在亂想什麼，怎麼可以因為想被伊維塔誇獎就製造混亂！」

不管如何，伊維塔那句話代表彼此的關係有稍稍躍進。
加油，戚冬雨，總有一天能獲得伊維塔的認可！

第五章　滑倒飛撲抱緊是澡堂守則

租屋處很近，就在澡堂後面的房間。這份工作好處在於包吃包住，省去找房子的時間。

伊維塔如逃命般快步走向後棟的員工宿舍，然後步履緩慢的移動，最後停在宿舍前面的庭園。他轉頭望向澡堂，腦海浮現戚冬雨從驚訝到驚喜到歡喜的每一副表情。

「那個笨蛋，幹嘛愧疚……」嘴裡嫌棄，他的臉上反倒露出難為情的暗紅。有眼睛都看得出來，他對戚冬雨已經不再那麼討厭，儘管對於這個懦弱組員仍有不滿的意思，可戚冬雨的努力，他不是沒有看到。

伊維塔打開全息圖，畫面中列出一排關於阿利斯泰爾的資訊。組員們收集而來的資料他負責整理後，匯入電腦裡，傳送給校方追蹤學生們目前的攻略進度。

所有資料中，有百分之五十是戚冬雨犧牲午休時間採訪而來，這些資料有助於掌握阿利斯泰爾的喜好。

除了阿利斯泰爾的事情要思考，還有一件事情他覺得很神奇。

戚冬雨今晚和那名貴族男人打鬥意外強悍，那種靈活的打鬥方式，以她星能量素質檢測出來的數值是不可能做得到的，唯有生命領主的基因加乘星能量的方法才能做到。

「在想什麼呢？」身後響起羅恩的聲音，隨即肩上傳來一股輕微的力道。

伊維塔睞了羅恩搭在肩上的大手一眼，把全息圖推到對方面前，「在想阿利斯泰爾。」他隱瞞了戚冬雨有生命領主基因的事情，其實用不著隱瞞，戴斯家族多少有嗅到風聲，只是他現在不想談，先解決最重要的任務。

「很簡單，從阿蘭下手。」

伊維塔皺眉，「我當然知道。」

「不說這個，我有事情想問你。」羅恩攤開手掌，叫出自己的資料庫，打開信箱，「我父親說赫威家族找到生命領主的後代，戚冬雨對吧。」

伊維塔的眼神倏地冷了下來，羅恩見狀，彎唇湊向他的耳畔，「放心，雷迪家族的東西，我們戴斯家族不敢碰，除非……獵物主動奔入我懷裡。」他挺直背脊，張開雙臂。

向來冷顏少話的伊維塔被羅恩這麼一鬧，嘴角浮現拿他沒辦法的笑容。

「我懶得管生命領主的事情，反正戚冬雨是男的，我父親就算再擔心繁衍問題，也不會要我和一個男的結婚。」

「呵呵呵，等你哪天和男生結婚，算我一份啦！」

「別鬧了！」伊維塔低聲斥道，俊臉浮現一抹暗紅，可惜天色昏暗，羅恩也沒瞧見。

羅恩跳下階梯，頭也不回的揮揮手，看來似乎要去哪。「對了，小蘋果已經煮好晚餐，快進去吃吧。」

「你要去哪？」

伊維塔叫住羅恩，對方足步停頓，轉頭說道：「幫小雨一起刷澡堂呀，難不成真忍心讓他一個人刷？」他推了下鏡框。

「……晚飯等等在吃吧，把所有人都叫出來。」彷彿是說了多麼震撼的話，羅恩眉頭輕輕揚起，懸掛在唇角的笑容更深，令當事人不禁眉頭緊蹙。

伊維塔指腹若有似無摸著嘴唇，不自在的游移視線。發現羅恩仍興味盎然的看著自己，伊維塔掃去一記冷眼。「快、去。」

「好好好！」像是敷衍似的，羅恩慢慢的走進去。

伊維塔沒有等夥伴們，而是自己先去澡堂，趕快整理好回去用餐。

來到澡堂門口，他脫下鞋子步入，懶得換上工作服刷地。澡堂有兩個出入口，就在他準備拿著刷地用具進入，掀起簾子的瞬間，眼角一抹藍色殘影如泡沫般消失。

「那道光芒……」

驀地轉身，伊維塔那雙鮮紅色眼眸死死巡視角落，是錯覺嗎？不可能，她來這裡做什麼？根本不用監督，測驗的每個過程都會呈報給訓練營活動系統，她只要調閱資訊便能得知。

指尖按上額角揉壓，伊維塔思緒輾轉，最後暫時別去思考這個。

邁步往前走，戚冬雨似乎沒有發現有人進入，認真拿著刷具刷地。危機意識那麼薄弱的人，怎可能在危機來臨之際做出反射性回擊，果然是生命領主的基因增強她的實力。

「掃得很慢。」

本就來幫忙的伊維塔，道口的話卻變了樣，甚至還帶著酸溜溜的味道。

「誰?!」被狠狠嚇了大跳的戚冬雨匆忙回頭，一張俊美的臉孔映入眼簾，她驚呼聲向後一退，腳底一滑。

噗哧——滿滿泡沫浸濕的地面變得滑溜溜，如同抹油的地面。眼前天旋地轉，這一次她的反應沒有像稍早打架那麼靈活敏捷。她神色倉皇瞪大眼睛，雙手亂揮，抓住眼前唯一的支撐物。

不對，是人。

用力扣住對方的手腕，可她沒有想過，對方也是在詫異的情形下，被慣性作用力狠狠往前拉倒。砒噹、砰咚、哀號接二連三的聲響迴盪在靜靜的澡堂。

背部撞擊硬梆梆的地板、胸前有股重力壓著喘不過氣，後腦杓卻意外沒有很疼。戚冬雨緩緩睜開眼，伊維塔正半趴在她身上，其中一邊膝蓋撐著地面，呈半坐的姿勢看著她，單手緊緊扣住她的腰。

四目相接，戚冬雨不禁想起為了掩蓋束胸的事情，伊維塔對她印象差極了。

戚冬雨心驚膽顫的閉上眼，等待他的怒罵，因為是她沒踩好摔倒的。

「還好嗎？」可沒想到，等來的是伊維塔溫柔的詢問。

「咦?!」

「沒事吧？」伊維塔眸色朝戚冬雨的後腦杓看去。戚冬雨這才發現他的手掌正護著後腦杓，難怪摔倒時沒感覺到痛。

戚冬雨微張嘴，第一次聽伊維塔的聲音那麼溫柔，柔得令人心醉。從認識他起，他每分每刻就是綳著臉，口吻毒舌、苛刻又冷漠。

伊維塔以為戚冬雨不舒服才默然不語，指腹特地揉了揉後腦杓。

心跳撲通撲通跳動，戚冬雨小臉緋紅，有那麼一瞬想享受這份得來不易的溫柔，可腦海旋即跳躍出艾加倫的話語，躁動的心跳瞬間熄去，宛如一桶冷水當頭澆下。

放在身側的兩手，指尖染上雪白的泡沫，一陣寒冷鑽入胸口。

「你壓痛我了……起來啦。」

這一句話，打破了圍繞在澡堂的曖昧。

伊維塔垂眸看她，臉上的溫柔淡去，鮮紅色眼眸透出尷尬之色。

「明明就是你硬要拖我下水。」

忽地，一抹藍色竄進眼角，一道銳利的視線緊緊盯著，伊維塔心頭一跳。他忙不迭的轉眸，模糊的光影在他望去時，只是一片普通的牆壁。

——既然來了，為何不出面？

「唉唷，我們是不是出現的不是時候？沒想到你們已經進展到這了。」

伊維塔和戚冬雨順著門口那道輕佻的男性嗓音望去。羅恩正倚靠牆邊，好整以暇吹口哨，揚眉又眨眼的舉動看在伊維塔眼裡，分明在嘲笑：還說你不和男生談戀愛?!

伊維塔神色僵硬，日光燈的映照下，浮現在那張稜角分明臉龐的暗紅色格外明顯，遮也遮不住。

「啐，澡堂也可以玩這麼大！」

柯爾顯然受到強大衝擊，整個人彷彿靈魂出竅，怔怔杵在原地，沒想過男生和男生之間有進一步的關係，連被羅珞摸走口袋的零嘴也沒發現。

如果第一次在宿舍摔倒是不小心，那麼這一次依然是不小心，究竟有幾次不小心啊?!還剛好被大家看見。戚冬雨真心覺得跳到河裡也洗不清。

早已爬起來的伊維塔操起地上的刷具，揚聲大喊：「閉嘴，馬上開始刷地！」

※※※

三日後，一行人順利賺得五百幣。為了補全那天被扣掉的工資，所有人卯足全力接客。事後，那位貴族沒有來澡堂吵價還價，應該是怕了戚冬雨，然而身為毆打人的一方，她雖動手打趴對方，那天晚上擔心得睡不著覺，深怕對方隔天早上門，要求賠償醫藥費，天知道貴族會開出多少價額，恐怕來到這裡賺得錢通通賠光。

身為組長的伊維塔前一日就向系統申請進入王城的許可證，預約時間是上午十點至中午十二點。當天大早，每個人宛如要上戰場，一再確認服裝、食物、模擬對談，畢竟要會面城主，事情不容許出差錯。

儘管買了阿利斯泰爾會喜歡的甜點，但不確定任務是否成功，伊維塔考慮賴在王城內，以便調查「阿蘭」。

阿利斯泰爾性格善良，凡在王城內工作過的女性，退休後都收到一筆錢然後遣送出王城，許多人民讚揚阿利斯泰爾有顆善待女性的心。

於是他順水推舟，讓羅恩和戚冬雨換上女裝，羅恩為了任務順利，倒是很淡定接受伊維塔的建議，然而，戚冬雨非常反彈，起先百般拒絕，最後礙於任務的進展，妥協穿上女裝。

伊維塔可以接受戚冬雨為何如此反彈，畢竟是男兒身，哪能接受穿上女裝。不過他不明白的是，戚冬雨雖然故作冷靜，但能從緊繃的臉部線條看出她的慌張。

當戚冬雨換好服裝，從更衣室走出來時，高挑纖瘦的身影佇立在屋簷下，墨綠百褶滑料長裙意外合身，色彩濃郁，純棉布料，風格古樸，光是站著不動，裙襬隨風起舞，彷彿是一幅精美的油畫。

伊維塔思緒亂紛，沈浸在站在樹下的女孩。他不禁幻想，那位目前仍找不到的戚家女兒，如果真的找到了，就像眼前裝扮成女孩的戚冬雨。

塞西冥嘴上嘖嘖嘖不停，摸著下巴在戚冬雨周圍遊走，「你只塞了一顆海綿？我看學姊、學妹的身材不應該是這樣，這樣會不會露餡？」目光最後停留在她略顯飛機場的胸部。

「阿利斯泰爾喜歡大胸部的嗎？」柯爾好奇地看著戚冬雨的妝容，真的長得好可愛，好像洋娃娃。

羅恩瞧了瞧戚冬雨平平的胸口，「小雨，你要不要再去墊一下？」

「不用吧。」戚冬雨哪兒無法走，站在這裡讓人品頭論足，簡直羞愧到極點，好想尿遁離開！這些人太過分了，她的胸部有那麼糟糕嗎？都是長時間穿束胸內衣啦！

「但是該要呈現的部位，還是要呈現。來來，我再幫你墊……」羅恩作勢拉著戚冬雨回到更衣室。

戚冬雨卻緊緊抓住他的胳膊，拚死命的抵抗，「不、不用啦，我可以自己來！」

沉默的伊維塔出聲阻止了僵持不下的兩人，從剛剛開始，他就一人獨自靠牆站立。「好了，這樣可以，反正外觀像女生就好。」

戚冬雨聽出伊維塔的嗓音似乎不太高興。他在不高興什麼？該不高興的是她吧？好歹她是貨真價實的女兒身。

「你不想要就不要勉強，我還是比較喜歡原本的你。」柯爾低聲囁嚅，卻馬上被羅恩揭發。

「小蘋果不要口是心非啦！」

塞西冥繞到柯爾面前，「戚冬雨真的那麼漂亮到你臉紅了？」

「呃、我、我、我……」柯爾的臉彷彿紅得滴血。

始終沒感興趣的羅珞也好奇的在戚冬雨身邊打轉，鼻頭微微一動，他眼睛一亮，伸手攬住她的腰往牆上推。

「好吃……」

「什麼？」一片陰影當頭籠罩，戚冬雨聞聲瞪大眼睛，只見羅珞興奮的張開嘴，露出隱藏在優美的唇形中的獠牙，那是屬於吸血族最鮮明的特徵。

戚冬雨猛地縮起瞳孔，一臉驚愕。入學以來，從未看過吸血族的一面。

溫熱的氣息吐在脖子，她反而感覺到一股寒意鑽入心口。就在羅珞張口想咬，腰間的禁錮鬆了，雙眼因直射的陽光本能闔上。

伊維塔將羅珞推到一邊，「羅恩，顧好你弟。」

光線減弱，陰影籠罩，戚冬雨緩緩睜開眼，就見伊維塔站在面前，擋住了陽光。

「你噴了什麼？」

戚冬雨還沒從震驚中回過神，直到聽見伊維塔詢問第二次，才回答：「更衣室有個柑橘味道的香水。」

伊維塔露出原來如此的表情，香水的味道本就刺鼻，對香氣、血味敏感的吸血族來說，就像面前有一塊上等的牛排肉。

羅恩的意志力本就很強，可以不受影響，但對時常感到飢餓的羅珞來說就不是這樣了。

「怪不得我一直聞到香氣。」獸族犬系的塞西冥鼻子也很靈敏，可是他對血液沒有興趣。

她瞇眼看著背光的伊維塔，看見他替自己隔開羅路，心頭莫名悸動。和伊維塔相處越久，越能發現他不為人知的一面。

伊維塔外表冷漠，就像一塊大冰山，且很毒舌，有時候能從舉手頭足間察覺到一份細心和溫柔。

「該出發了。」伊維塔舉步離開，而那片包圍住她的陰影也頓時消失，天空那道亮眼的陽光穿透心扉，將她拉回現實。

確定組員們準備就緒，伊維塔叫出系統，輸入傳送指令，此刻進入任務關卡與任務關卡之間，能使用系統內建的節點瞬移。

眨眼之間，周圍景色換上壯闊的王城建築物。

正對面有一個巨大的石製半圓形拱門，拱門兩側繪有兩尊釉綠色的石像，拱門之後一棟接一棟並排的古樸的紅磚宮舍，每棟宮舍下的地基墊高，專門防潮通風。

透過訓練營活動，增進學生們吸收歷史，唯有真正待過那個環境，感受昔日的繁華丰采，才能從艱澀的課本文字讀懂時代的文化。

伊維塔走在最前面，望著懸在半空中的虛擬箭頭方向，邊欣賞周圍的景色，庭園種滿各式各樣的花草，與暗紅色磚瓦的建築物交織出一種淡雅的氣氛，令人不禁放鬆神經。

這條筆直的道路通往城主——泊靜館的御所，從東側望去，獨棟宮舍傲然矗立在庭園外側。搖曳樹影映照在幽靜道路，寂靜無聲，唯有規律的足步聲迴響在寬闊的道路。

懸浮在半空中的虛擬箭頭閃爍紅燈，令人繃緊神經的秒數正慢慢倒數。

滴滴滴滴滴滴——剩下最後十秒，伊維塔凝神加快步伐，一口氣抵達阿利斯泰爾的泊靜館。

大廳之中，用白石砌成的階梯如積木層層堆高，階梯上方，是佈置輝煌的王座，左右兩側各站了三名侍女，王座前面用一條海藍色絲質的簾子圍繞，簾子後方坐著一名身材豐腴的少年，不對，是身材異常肥胖的少年，目測一百公斤以上。

第一次謁見阿利斯泰爾的戚冬雨戰戰兢兢吞嚥口水，從沒有人見過阿利斯泰爾的真面目，平民更沒有機會看到阿利斯泰爾的面貌，因此從市集調查的資料沒有阿利斯泰爾的相貌描述，只有謠傳五年前體重大幅增加。

伊維塔將帶來的甜點——禦菱葩、菊燒殘月、夜梅、海之糕點交給阿利斯泰爾的侍女。

侍女在交給站在阿利斯泰爾最近的黑髮侍女，黑髮侍女穿著和其他人不太相同，外頭罩了一件絲質外襯，看得出來這名侍女是最貼身伺候阿利斯泰爾的人。

海藍色簾子後方，兩抹黑影似乎在交談，窈窕身影的侍女從盤子拿起一塊禦菱葩，遞給阿利斯泰爾。

阿利斯泰爾接過放入口中，細細咀嚼，品嚐的時間最讓人難熬，尤其身在王家之人，用餐總是特別優雅，強調吃東西要細嚼慢嚥。

陸陸續續用完甜點，直至最後一塊海之糕最有希望成功增加滿意值。

伊維塔壓著地板的指尖微微一動，悄然無息叫出系統偵測圖，看到畫面中的滿意數值不由一愣。

手腕稍稍一動，他把畫面扔到跪在後面的夥伴。

就在戚冬雨驚愕不已時，頭頂前方響起絲質布料撕裂的聲響，緊接著地面深處傳來彷若巨獸撼動的巨響，地面一陣搖晃。

耳根子微微一動，聽見有人在喊：冬雨！這一瞬，她揚起頭，放甜點的銀色盤子迎面掃來，足尖一蹬，她高高躍起，腳尖輕點在銀盤上，右腳一旋，竟把銀盤踢到牆面。

砒噹聲，銀盤落地，卻是有某種重力而整個凹陷。

戚冬雨一連串的動作，只需要三秒，反應比其他組員還要快速。

方落地，膝蓋後方頓時一痛，她整個人向前趴在地上。正想回頭罵是誰踹的，眼角瞥見伊維塔那雙鮮紅色眼眸冷冷的瞪著，那眼神彷彿在說：回頭在教訓你。

戚冬雨心登時沉到谷底，糟糕，她沒有按著伊維塔的指示行動。

三、二、一，她裝出頭痛的模樣，痛苦難耐的呻吟。

趴在地上的戚冬雨思緒亂糟糟，剛才她怎麼了？有時候，身體會湧起一股很陌生的能量，比大腦快一步產生行動。

一股濃稠的血腥味蔓延大廳，她鼻翼微微一動，哪來的血腥味？是誰的血？這濃郁的情況，似乎是大量失血。

到底發生什麼事情？還有剛才是地震嗎？儘管滿腹疑惑，但她不敢沒有伊維塔的命令就擅自抬頭。

伊維塔移動雙膝，來到戚冬雨身邊，面露緊張。

一名侍女死了，就在阿利斯泰爾食用最後一塊糕點，突來被阿利斯泰爾拋出的銀盤砸中死亡。

伊維塔的注意力都放在戚冬雨身上，這個笨蛋，沒有他的指令擅自行動，可是面對銀盤丟擲的變故，戚冬雨如果沒有反應，就會受傷。

「發生什麼事情？」王座上，為首的黑髮侍女揚聲問道。

阿利斯泰爾的滿意值呈現零，可是他本人表現出來卻是吃得很滿意，其中的原因究竟是什麼?!

在銀盤騰空飛出簾子前，阿利斯泰爾似乎在和黑髮侍女搶奪盤子，如果不是銀盤朝戚冬雨方向拋擲而來，他的注意力不會鬆懈。

「回殿下，小的朋友身體太過勞累，體力不支昏迷，現在急需要適當的休息。」

簾子後的龐大身影焦慮移動，卻被身邊的黑髮侍女攔住。

「讓他們留下好好照顧！」簾子後面傳來沙啞的嗓音，彷彿被毒啞，難聽到了極點。

「這……遵命。」開口的是黑髮侍女，她揮揮手，指使幾名侍女帶下面的客人去客房。

侍女分別將六人各分配一間房間，只是男生與女生分別在不同院落。假昏迷的戚冬雨由伊維塔負責抱進女生院落。

當侍女詢問是否要請醫生來看，伊維塔搖頭拒絕，表示朋友太疲憊，需要睡一覺就能恢復精神，於是侍女離開。

「給我起來，不要裝死。」

確認侍女真的走遠，伊維塔坐在床邊，面色清冷。

戚冬雨聞聲睜開雙眼，用邀功的口吻問道：「我裝的像吧？」

像！像極了！居然敢明目張膽睡覺，膽子很大，居然敢在他臂彎裡睡得像豬，還用臉蹭……胸膛！伊維塔哼哼兩聲，把臉撇了過去。

發現伊維塔表情不佳，立刻惦惦閉上嘴。忽然想起什麼似的，急忙說道：「我看到了，那個黑髮侍女有問題！」

「我也有看到。」

「什麼，這麼快速你也看得到？你千里眼嗎?!」戚冬雨劈哩啪啦地說，伊維塔有聽沒懂，正想質問，又聽她說：「你對於侍女吃掉海之糕最後幾口的看法如何？」

這下子，伊維塔終於正色看著她。「前因後果，一字不漏說給我聽。」

戚冬雨拋了一記「原來你沒看到，還說有看到」的白眼，伊維塔唇角一抿，紅眸薄涼，就這麼定定注視她。

戚冬雨摀住嘴巴，終於明白禍從口出的意義。她清清嗓子，在他冷冽的目光下緩緩講述看到的一切。

就在阿利斯泰爾食用海之糕時，與黑髮侍女起爭執，搶奪銀盤上的甜點，黑髮侍女還大聲嚷著：殿下身體要緊，不要吃太多。後來黑髮侍女搶奪成功，又怕阿利斯泰爾搶走，吞入口裡，阿利斯泰爾惱怒之下，銀盤劃破簾子飛出去。

「滿意值有一度上升四十分，卻馬上歸為零。」伊維塔有持續關注系統的銀幕。

戚冬雨接著說：「剩下的被侍女吃掉了。」

雖然用海藍色簾子遮住，可是別忘了兩團黑影也能看出舉手投足間的移動輪廓。

「這麼說，上升的四十分……」伊維塔拉開虛擬聯絡視窗，向其他房間的夥伴說：「我們現在有兩個目標，以黑髮侍女和阿蘭為目標探索。」

※※※

畢竟無法長時間待在王城內，伊維塔在下達命令後，所有組員打算各自分工，幾人想辦法從侍女口中得知阿蘭的房間，幾人則想辦法接近近身伺候阿利斯泰爾的貼身黑髮侍女。

負責裝病只需要窩在床上的戚冬雨無法接受這個安排，只要躺在床上就能通過任務，這種「好康」事情她才不想做。

戚冬雨無視伊維塔毒舌的謾罵，執意要分些工作給她。全組討論過後，王城佔地廣大，六個組員要收集阿蘭的資訊，還要調查黑髮侍女，未免太忙碌了些。

於是，她被分配到王城南面，一座別院裡。此處別院人煙罕至，適合目前裝病臥床休息的戚冬雨，再加上是荒廢的別院，沒有人鎮守。

別院有個很文藝的名字：舒香閣，整間建築採用西式石柱建造而成，玄關和內部陳設壁面則是木造，總共有兩層樓。

戚冬雨躡手躡腳走在迎著太陽的迴廊，再三確認此地無人。儘管知道伊維塔是故意把她分配到邊疆地帶，不過有事情做就不錯了。

空氣飄著一股腐臭味，臭味就像囤積在此地已久，難以形容這種臭味是什麼。

如果仔細觀察就能發現空氣中瀰漫一股淡淡的血紅色，戚冬雨足步停頓，驚愕瞠大眼眸，難以置信的調頭就跑。

為什麼空氣中那麼多血紅色光點?!

戚冬雨一路喀喀碰碰的奔跑，許多來自不同的亡者哭泣音迴盪在耳膜，彷彿是從地獄深處穿透的哭泣聲音。

「嗚……嗚……嗚……」

是誰在哭泣?!

不要！通通滾開！

戚冬雨簡直快被逼瘋，她看不到半個人，找不到聲音的源頭，可是一股強勁的能量充斥血管，彷彿與周身的世界產生共鳴。

她呆立在原地，瞠大的眸子死死盯著腳下那片土地。

聲音的源頭來的於地面之下……是活人也到不了世界。

戚冬雨渾身打顫，握緊拳頭，闔上眼簾，反覆的深呼吸再吐氣。幾秒鐘後，她睜開雙眼，空氣那抹淡淡血紅色和來自地底的哭聲不見了。

錯覺嗎？

還是，這是生命領主賦予的能力？生命領主掌管靈魂繁衍，能夠賦予任何人事物新的能量，是四大領主能力最為強大的領主。

戚冬雨打住思緒，抹掉額頭的汗水。

從舒香閣的後門進入，她睜大眼睛觀察附近景色，磚塊鋪成的道路因年久失修碎裂不齊，雜草叢生。

戚冬雨不曉得是剛才被嚇到不舒服，還是這裡本來就很陰森，總體而言感覺不是很好，整座別院籠罩在沉重陰森的氣氛之中。

小心翼翼踩過泥濘的土壤，前方一堵龐然大物擋住去路。戚冬雨擰起眉毛，抬起頭凝視。

舒香閣的後側擺放著一尊女性雕像，神似黑髮侍女的樣貌，體態豐腴，石像表情憂傷，雙眼遙望著遠方，像是在思念某個人。

戚冬雨走上前，抹去石像旁邊的牌子，雕刻字體令她心中的困惑更深。這時，她發現石像身上有一條從裙襬蔓延而下的裂縫，好奇的伸手撫摸。

撲通……

彷彿有生命般，掌心下傳來心臟跳動的聲音。戚冬雨倏然一驚，踉蹌跌坐在地，似乎又產生奇怪的幻覺，耳邊徘徊低泣的聲音。

「拯救他吧……拜託拯救他……救救阿利斯泰爾……」

清晰的耳語不斷重複同樣的話。戚冬雨渾身打顫，沒膽子再繼續待在這間疑似鬧鬼的別院。她飛也似的奔出舒香閣，絲毫不敢再回頭，最後聽見的那句哭求的耳語，清晰烙印在腦海。

※※※

就在所有人都悄悄在王城內調查的一個小時後，組員們陸陸續續回來，只剩下戚冬雨和羅恩尚未回來。

伊維塔在房間外翹首等待，終於等到戚冬雨回來，她臉色憔悴，額頭仍殘留些許還沒乾的汗水。

伊維塔一眼就知道她不對勁，正想問話，阿利斯泰爾派侍女來詢問甜點是在哪一家買的？伊維塔只好暫緩。

戚冬雨以為沒希望再測試一次是否能滿足阿利斯泰爾的口腹之慾。

她不由佩服伊維塔的先見，提供的甜點市集買不到，而是請市集甜點師傅做的。

訓練營活動所建構的虛度空間是以曾經在哈貝爾星球存在的古老國度，既然是真實存在的國度，一定有留下史籍，伊維塔根據史籍留下的資訊，得到阿利斯泰爾的嗜好。

於是，伊維塔靈機一動，扯謊說這是他和身邊的夥伴一起做的，阿利斯泰爾的侍女聞言，趕緊回報主子，稍後，侍女攜帶阿利斯泰爾的話，想請他們留在王城替殿下料理甜點。

伊維塔果斷允諾會留在王城，反倒戚冬雨有些惴惴不安。

「你會做甜點？」

「不會。」送去給阿利斯泰爾吃的甜點是市集師傅做的，他怎麼可能會做。

「那你還敢撒謊！」在天子眼皮底下撒謊，他膽子未免太大了！戚冬雨焦慮不安，她自己對廚藝沒有把握。

伊維塔信誓旦旦的環起胸口，「怎麼不敢？誰說我要永遠留在這裡。何況只要把甜點送去給阿利斯泰爾吃，離完成任務就越近，我們已經知道那名黑髮侍女很可疑，只要調查出來很快就能結束。」

戚冬雨宛如看到神一般，露出崇拜的眼神，「哇，我怎麼沒有想到可以這樣做。」儘管這人曾經還踐踏過自尊心，可他的確思考的範圍很廣，令人欽佩。

「那是因為你太笨，簡直像個廢柴。」伊維塔覺得她太小題大作，把所有問題縮小後，用最簡單的思考邏輯便能解決。

內心才剛佩服伊維塔，旋即聽見他不善的吐槽。戚冬雨長時間以來，早已練就一身左耳進右耳出。冷靜啊戚冬雨，總有一天她會脫離廢柴這稱呼。

伊維塔看著她氣呼呼鼓張嘴，卻又深呼吸，按耐住的模樣，內心不由得想笑。然而這個念頭一出，他頓時身軀僵硬，扶著額頭轉向另外一側。

他是不是變得太怪了？明明就很討厭戚冬雨，可是透過訓練營相處的這幾天，很多情緒緩慢的變化，甚至變化得令他沒有察覺。

直到意識到時，彼此的相處已經改變了，快得錯手不及。

忽然間，食指輕微一動，指尖恍若有條細細的紅線忽明忽滅。他在戚冬雨的房間外圍，用星能量建築一層透明如蟬翼的薄膜作為陷阱壁壘，只要有人進入壁壘範圍內就會通知他。

「有人來，快裝病。」伊維塔低吼，發現戚冬雨還愣著，食指朝她額頭一敲。

看似輕緩的敲擊動作，力道卻包含星能量的加持，戚冬雨面色鐵青的抱住額頭，「唔，頭好疼！」

你這個人！戚冬雨咬牙抬起頭，伊維塔的視線正凝望遠處。她順著目光凝眸看去。

「你們感情很好呢。」黑髮侍女歪頭溫和地笑著，兩隻手被寬長的袖子遮掩，和那天在大廳謁見時，少了幾分肅穆。

「你好。」伊維塔點頭致意，旋即轉身，十指攀上戚冬雨的臉龐，眸色溫潤如水，「還好嗎？」他的聲音柔得彷彿情人的呢喃。

戚冬雨身子抖了兩下，媽呀，他變臉比翻書還快。她不是做夢吧，真的是冷漠毒舌的伊維塔？只見戚冬雨呆呆的張著唇，伊維塔彎起鮮紅色眸子，臉向前傾，指腹壓著被彈到發紅的額頭。

「快說『不好』，笨蛋。」他用著只有兩人能聽見的音量說。

「不好，頭好暈。」戚冬雨露出古裝劇才會出現的畫面。一指壓著額角，聲音放軟，腳步虛浮。

戚冬雨越發覺得自己很有演戲的天分。她靜靜靠在伊維塔胸膛，聆聽他與黑髮侍女的對話。

「抱歉，容我先送她進房休息。」

黑髮侍女只是點頭，交叉的雙手，指尖一下一下的敲著，似是在數拍子。

這時，配戴在右耳垂的耳環如漩渦流轉，鮮紅色寶石閃爍光輝。

一抹墨綠色光輝掠過，緊接著是一道聲調輕快的男性嗓音，是羅恩。

「伊維，我查到阿蘭是誰了。」

「誰？」

「阿利斯泰爾貼身侍女，在王座伺候的黑髮侍女。」

伊維塔瞳孔一縮，緩慢轉眸望向依然佇立在原地的黑髮侍女，此時烏雲恰巧掩蓋陽光，映照在她身上的光芒消散，而她半張臉則陷入一片黑暗。

——居然是她，阿蘭。

戚冬雨察覺伊維塔的步伐變得十分緩慢，抬頭便見紅寶石耳環閃爍綠光。她知道這枚耳環不只是裝飾用，更能通訊。

戚冬雨正想開口詢問，黑髮侍女說的話如同驚雷，殺氣湧起。

「我知道你們在調查我，你們是誰？」

戚冬雨和伊維塔同時停下腳步，環在腰間的手抽離，她頓時意識到伊維塔的用意，索性不再裝下去。她回身，拉直腰桿回視阿蘭。

「過客。」伊維塔說著同時轉身，藏在袖口下的指尖燃起一抹紅光，順時針的輕微轉動，擴大壁壘範圍。

同為哈貝爾星人，差別在於古代和現代，何況伊維塔是空間領主的後代。阿蘭已經察覺一堵無形的防護逐漸向著中心點推進，將她困住。

阿蘭打量四周，然後出乎意料地嘆氣，「你們留在王城裡究竟想做什麼？」眼前這兩人實在太強了，她體內的星能量告訴自己，不要妄動。

出現在身上的殺氣消散，戚冬雨本握緊拳頭，蓄勢待發，只要阿蘭一發動攻擊就採取反擊行動，可沒想到阿蘭收手。

難道……戚冬雨朝身畔挺拔的少年望去。

「首先，很感謝妳願意配合我們。」伊維塔雙手放在後面，儘管阿蘭投降了，但他仍沒有掉以輕心。「我想知道，妳為什麼要吃掉阿利斯泰爾的甜點？」

「殿下太胖了，再吃下去身體會生病。」

「生病？」伊維塔挑眉，話鋒一轉，「可是我倒覺得殿下很健康，或許肥胖會影響身體健康沒錯，但妳說的殿下太胖是哪個殿下呢？」

他想不通的是，滿意值有一瞬間增長四十分，王座上的阿利斯泰爾究竟是真的還是假的？如果是假的，那真的城主去哪了？

因此，他才想探探阿蘭的虛實，有時候能從對方的表情查出端睨。

以上純粹是猜測，沒有想到阿蘭的表情在霎那間產生動搖。

阿蘭僵滯的神色落入伊維塔眼裡，如果王座是真的城主，阿蘭的反應該是坦蕩自然，而不是像被人發現祕密的心虛感。

一旁的戚冬雨也察覺出伊維塔的用意。她接著問道：「城主去哪了？為什麼不是殿下？」

「殿下無法吃。」阿蘭微笑，這抹笑容看在戚冬雨眼裡，很滄桑。

戚冬雨追問：「為什麼？因為肥胖症無法吃太多甜食？不過我記得，阿利斯泰爾五年前自己頒發條令，要求全城鎮的每一戶都要進貢甜食，若進貢的甜食能滿足阿利斯泰爾，會有重賞。」

「因為……」阿蘭話聲頓了頓，聲音彷彿從喉嚨深處擠壓出來，「他死了。」

第六章　扭曲崩壞的虛度空間

阿蘭的話語如巨石投入湖面，激起一陣水花。

「死於五年前阿利斯泰爾號沉船事故……原本他可以活的，好不容易逃到沙灘，卻身體失溫而沒了氣息。」

「五年前的事故……？」戚冬雨想起從市集調查到的沉船故事，「可是城主不是後來取消行程嗎？」

「民間謠傳的故事，是相反的……錯得太多。」阿蘭也聽說過民間謠傳的版本，她低聲笑了出來，「王座上的是我找人替代，偽裝成城主。」

阿利斯泰爾並沒有子嗣，如果過世的消息傳出，整座王城不是滅亡就是引起動亂。

戚冬雨苦惱的拍了拍頭，這該怎麼辦？任務目標對象死掉，要如何完成任務？不過，既然非任務對象，為什麼滿意值還會變動？

伊維塔心知阿蘭並沒有完全說出口，甚至有說謊的嫌疑。他目不轉睛看著阿蘭，總覺得有點古怪，他說不出來，看著那張長相平凡的臉孔和纖瘦的身材，有些違和。

他將塞西冥向自己彙報的線索重新組織後，問道：「那妳為什麼每天晚上都去舒香閣？」

舒香閣？這件事情她怎麼不知道？戚冬雨驚詫望向伊維塔，這麼說她不是被分配到一個查不到線索的地方，她以為……伊維塔是敷衍罷了。

察覺到側邊有道視線，伊維塔淡淡地說：「誰叫妳自己太晚回來。」害他以為人出事情了！

啊，原來如此！戚冬雨立刻明白，這個消息是方才隊員調查出來的，她自己剛回來，阿蘭就來了。

「阿蘭，妳去舒香閣做什麼，那個荒涼的地方有什麼東……」話還沒說完，戚冬雨手心摀著嘴巴。慢著，難道那尊雕像……

她凝眸與阿蘭四目相接，驀地恍然大悟，這一刻，很多連接不上的線索能串聯在一起。當著阿蘭的面打開連接耳環的小型電腦，再一次搜尋阿利斯泰爾的肖像畫。

先前找過阿利斯泰爾的畫像，然而網路資訊少得可憐，人民也沒看過阿利斯泰爾，可是如果猜測沒錯，就能證明為什麼滿意值會變動了。

伊維塔的視線來回移動阿蘭及戚冬雨。雖然不知道戚冬雨想到什麼線索，不過瞧她吃驚的模樣，相信這個真相絕對能解決當前的問題。

藏在袖中的指尖重新燃起紅色火光，伊維塔警惕看著神似阿利斯泰爾，直截了當挑明問道：「不對，阿利斯泰爾沒有死，妳到底是誰？」

伊維塔和戚冬雨的想法一樣，可是他仍不明白阿蘭為什麼去舒香閣，那裡一定有什麼。將視線投向戚冬雨，伊維塔的用意很清楚，就是要她解釋一下在舒香閣看見什麼？

「舒香閣後面的雕像，是真的阿蘭嗎？」戚冬雨簡單扼要向伊維塔說明，「我在舒香閣後面看見一尊雕像，外貌神似黑髮侍女，可是身材比黑髮侍女還要豐腴。」

生命領主對世間的萬物存在著某種共鳴。如果她在舒香閣看見的不是「幻覺」，而是殘留在世間的靈魂留念，那麼就是真的。

「所以妳才像看見鬼一樣，渾身虛脫回來？」伊維塔並不相信，用著懷疑的眼神凝睇。

戚冬雨摸著鼻翼訕笑，目光閃爍，「不是啦。」那也不算看見阿飄……

阿蘭真沒想到他們能在短時間內調查出那麼多。她感嘆似的笑了。「那是真的阿蘭，上船的是阿蘭，我才是阿利斯泰爾。」

雖然早就猜到，缺少阿蘭的證實，但聽見阿蘭說的話，戚冬雨大為驚訝了。

如此一來，增長的四十分滿意值就說得通了，只有真正阿利斯泰爾食用甜點，滿意值才會變動。

阿利斯泰爾旋身靠著樹幹，緩緩訴說：「我和阿蘭在不同世界長大，我自小在王城裡生活，阿蘭則在城外生活。有一天，我們見面了，才明白都是同個母親所出。我們長得很像，可是阿蘭比我胖許多。」

戚冬雨回憶稍早前看見的女性雕像，身材的確豐腴，五官長得像阿利斯泰爾。

「民間傳的阿利斯泰爾其實是阿蘭。她說她想過富裕的生活，所以大多時候都是由阿蘭代替我坐在王座，被人伺候，沒有人發現有兩個阿利斯泰爾。」他憂傷的嘆口長氣，「就連阿利斯泰爾號出航的那天，也是她代替我去……」

阿利斯泰爾時代的歷代城主鮮少露面，連隨行伺候的侍女也不會有機會見到城主的容貌，阿蘭和阿利斯泰爾才能交換多年沒有人發現。

「我很懊悔，如果那天是我去，阿蘭就不會死了……」阿利斯泰爾緩慢蹲下去，痛苦抱緊頭，十指抓亂一頭黑色秀髮。

「所以你滿懷愧疚，在舒香閣雕塑阿蘭的石像，每晚去思念她。」戚冬雨反倒認為這件事情誰都沒有過錯，可身為局外人，她沒有資格說不要難過，阿蘭不會怪你這種話。她不懂兩人之間的兄妹之情，又怎能大放厥詞。

「錯了，是去看她。」

戚冬雨先是了解點了點頭，隨即察覺到阿利斯泰爾的表情變得很古怪，獨自一人忽然笑了起來，蒼白的臉龐露出各種詭譎的神情，瘋狂的傻笑。

「呵呵呵呵……她會永遠在我身邊，永遠……」

戚冬雨莫名打了個寒顫，聆聽阿利斯泰爾的笑聲，心中竟浮起一絲恐懼。

「阿蘭的屍體在舒香閣。」伊維塔不用疑問句，而是肯定句。

當伊維塔問出來後，阿利斯泰爾的笑聲倏地停止，仰起臉，用著死寂般的眼神盯著伊維塔。

「阿蘭在舒香閣……？」戚冬雨不敢置信地詢問伊維塔，「被埋在地下嗎？」她剛剛晃過整個別院，沒有看到墓碑之類的東西。一般人死後不是火化不然就是土葬。

光看著阿利斯泰爾那癲狂的笑容，直覺告訴自己，阿利斯泰爾一定做了不得了的事情。

聽完戚冬雨說那邊有阿蘭雕像後，又聽阿利斯泰爾說「阿蘭會永遠在他身邊」。伊維塔沒有親自去過舒香閣，只有戚冬雨一人去過，有什麼方法能讓亡者持續「留在身邊」？

有個方法，不過他從來沒想過會那麼可怕。

「不是埋在地下、也不是火化。」伊維塔睞了戚冬雨一眼，「妳看過的。」

字字清晰的話語鑽入耳內，戚冬雨驀地瞪大雙眼，「難道是……我、我的媽阿！我還摸過！」她六神無主的來回走動，寧願不要知道真相。如果能早點知道雕像就是屍體，誰還敢摸阿！

阿利斯泰爾看著戚冬雨臉色蒼白的模樣，揚聲大笑起來，「我喜歡她，我喜歡到無法接受她已經死亡。所以，我把她的屍體用泥漿包覆住，雕塑成雕像——阿蘭在世時很討厭肥胖的身體，於是我抽出脂肪，才有現在的她。」

「你們是同個母親生的啊！」戚冬雨唇瓣僵硬，整個人愣在原地。

「妳上課是睡豬附身嗎？腦袋有帶來嗎？」伊維塔對戚冬雨的反應感到傻眼，第一句話不是「你怎麼那麼慘忍」，而是糾結是否為同個母親生。

他略微傾身，用著氣音說：「阿利斯泰爾時代親屬關係可以互相結婚。」

戚冬雨張了張口，委屈閉上嘴。她有認真上課的！只是親屬之間結婚這種事情，違背她以前的觀念。

伊維塔看她氣呼呼的模樣，唇角不自覺的勾起。他摸著耳垂上另一顆黑鑽石耳環，這枚耳環是用於訓練營活動中，和組員之間的通訊設備。

阿利斯泰爾望了望四周，包圍住這裡的壁壘能量逐漸變小，儘管能量小許多，但依然有很強大的力量。

他戒心的盯著階梯上的兩人，「既然知道事情的前因後果，說說你們混進王城調查阿蘭究竟想幹嘛？我看你的身體無礙，可以馬上離開王城。」

戚冬雨苦惱起來，現在真相大白，阿利斯泰爾根本沒有死，而是偽裝成阿蘭在王城生活，但是看他的態度，很想他們盡速離開。

「你最後吃海之糕那口，有感覺到幸福嗎？」儘管知道系統顯示的滿意值有變動，戚冬雨還是想了解阿利斯泰爾內心是否有幸福感。

或許戚冬雨沒頭沒尾迸出這個問題，阿利斯泰爾愣住，「什麼?!」

戚冬雨接續說道：「海之糕是阿蘭最喜歡的甜點之一，也是你緬懷她的媒介。」邊說著，她打量神色鐵青、摸著耳垂不曉得做什麼的伊維塔。

發生什麼事情嗎？戚冬雨面色不安。

「我是透過她喜歡的甜點，感受她依然在我身邊。」阿利斯泰爾用力猛擊樹幹，眼神陰暗。「看到我為了她的死而難過痛苦，你覺得我在吃甜點會高興嗎?!」

「不要自欺欺人了！你有沒有想過，阿蘭看見你這樣會很難過，你有沒有想過，要讓已逝的人死後仍不放心嗎？隨便你要怎樣認為，我認為你吃甜點是高興的，否則你不會浪費時間思念她。」像是比誰夠大聲似的，戚冬雨近乎拉開嗓子大吼，吼到連伊維塔都皺眉看著她。

戚冬雨越說越激動，索性跳下階梯想近距離面對面談。一隻手拉住了她，強勁的力道透露出不給她擅自移動的機會。

她看向伊維塔，對方搖了搖頭。

戚冬雨反覆深呼吸，冷靜下來後，語氣緩和許多，「我在舒香閣聽見了。阿蘭說『拯救他吧……拜託拯救他……救救阿利斯泰爾……』，她放不下你。」

戚冬雨並不想拿鬼怪之事乎弄別人，可是阿利斯泰爾的心態扭曲，甚至認為他是不幸福的，可系統滿意值上面明明有數值。

他們可以不管阿利斯泰爾的心態，逼他重新食用甜點就好，可戚冬雨不想要看阿利斯泰爾過著這種生活。

她不喜歡看見有人違背心意去過日子。

阿利斯泰爾卻曲解戚冬雨的話，「你看見她了?!」他彷彿看見希望，把戚冬雨當神膜拜，激動衝上前，這一瞬間，壁壘能量猶如吸水的海綿急速增大、向內壓縮。一股無形的力量禁錮住阿利斯泰爾的雙腳，他握緊拳頭，不甘心的瞪著兩人面前，有一層透明如蟬翼的薄膜。

「拜託，讓我見見她！」他的聲音從強勢轉為哀求，最後跪了下來。「拜託……」

戚冬雨裝傻無視伊維塔的怒瞪。就在阿利斯泰爾衝上前時，伊維塔將她拉近身畔，攤開掌心面向阿利斯泰爾，星能量大肆傾洩而出。

她可以清晰看見守護在周邊的壁壘散發一抹淺淺的紅光，阿利斯泰爾芥蒂伊維塔的能力而沒有接近。

很謝謝伊維塔護著她，可是這也不是她的錯呀！從頭到尾她都沒說過有看到阿蘭的靈體，不過能體諒阿利斯泰爾，就是因為太愛阿蘭，只要聽見有關阿蘭便會發瘋。

戚冬雨小心翼翼斟酌語氣及用字，「阿蘭，不對，阿利斯泰爾殿下。首先，我不是道士，沒有召鬼能力；第二點，我更不是大師，看不見鬼；第三點，我不是神棍，但請相信我的話。」

阿利斯泰爾跪在地上喃喃自語，也不曉得有沒有聽進戚冬雨的話。她覺得很煩躁，現在不知道拿阿利斯泰爾怎辦。

阿利斯泰爾身後是一片綠意盎然的樹木，此時某棵筆直的樹木呈逆時鐘旋轉，綠意與樹幹的顏色混在一起，就像打翻的水彩盤，顏色變得混濁模糊，形成一種多變扭曲，而枝枒之間，忽隱忽現空蕩的沙漠景觀，戚冬雨甩甩頭、眨眨眼，再次定眼一看，景色恢復原本的模樣。

太疲勞嗎？戚冬雨又一次揉揉眼睛，聽見身邊的少年情緒激動的說：

「你們在哪?!快回答我！」

戚冬雨丈二金剛摸不著頭緒，話說從剛剛開始，伊維塔臉色就很差，手壓著耳垂的黑色寶石。咦，她的耳環怎麼沒有聲音？戚冬雨摸了幾下黑色耳環，喀擦一聲，電源開啟。

怪不得都沒聽見組員在說什麼，原來沒有開阿！慘了，這件事情絕對不能被伊維塔知道！

戚冬雨故作鎮定聆聽伊維塔和其他組員們的談話——

「呼！終於聯絡上你們，我們剛才聽見外面有你們的聲音，想去找你們，但是虛度空間變得很奇怪，我們推開門時，外面竟然是一大片的沙漠。」

聽到羅恩說看見沙漠，戚冬雨想起自己剛才也看見，難道不是幻覺？

「虛度空間怪怪的。」伊維塔攤開右手心，轉動手指，指尖的紅光彷若螢光棒畫出一圈圈的波紋。四周的壁壘閃爍紅光，隱隱可見有絲絲裂縫。

「啊，阿利斯泰爾不見了！」觀察周邊壁壘，戚冬雨才發現不知何時阿利斯泰爾消失了。

「你沒有注意他去哪嗎？」伊維塔臉色很難看，連他自己也無法確定阿利斯泰爾是自己離開，還是受到虛度空間扭曲的關係，跑到其他地方。

「我專心聽你們在說什麼……」為了隱瞞剛才沒有打開耳環，戚冬雨很認真聽組員的談話。

轉角處別院的大門被踹開來，木製門板受到強大的衝擊力支離破碎飛了出去。

首當其衝，塞西冥衝出來，一見遠處的伊維塔，扯開喉嚨大喊：「伊維，我覺得要趕快連絡系統，耳環內不是有設置緊急聯絡頻道嗎?!」

「我正試著連絡。」伊維塔每隔十秒鐘就聯繫一次緊急頻道，可是訊號都連接不出去。

「不要出去！都不要出去！我們會被困在沙漠！」柯爾受驚嚇，六神無主緊抓門板，死也不肯出去。

「小蘋果閉上嘴，我們已經回來這裡！」塞西冥因為空間錯亂，差點被困在沙漠，現在脾氣很糟糕。

「剛才我們門外景色先是沙漠、然後變成空氣汙染的地下城、最後回到這裡。」羅恩罕見面色憔悴，邊揉著額角走過來，似乎比較正常只有羅珞……不對，羅珞抱著從王城搜刮的食物，用著看待一隻快要死掉的小狗眼神哀悼食物。

「那些地點不是其他組員的任務地點嗎？」出發前戚冬雨有看過崔西亞主任發的小組任務地點分配表。

「呀啊啊啊啊啊！」

不曉得是哪個方位傳來驚悚的尖叫聲，伴隨轟隆倒塌的聲響。所有人慌張翹首查探，只見一團灰煙直衝雲霄。

「沙、沙漠又來了！」柯爾忽然大叫聲，如同小時候玩的跳格子遊戲，慌慌張張跳離腳下的沙漠，跑到伊維塔身邊。

塞西冥暴跳如雷抹了把頭髮，「搞什麼飛機！不只有沙漠，現在我還看到高樓大廈！」

這一次，扭曲的虛擬空間依然持續中，並沒有像剛才短暫出現又消失。

「虛度空間扭曲，現在虛擬實境各個場所分割成不同區塊，和其他空間錯亂連接。」伊維塔曾經聽父親說過，很久以前參加訓練營活動時，也看過虛度空間扭曲，當時是系統不穩定，這次也是系統不穩定嗎？

連接現代都市景色的區域，高聳入雲的尖塔因不明原因瞬間崩塌，激起一陣塵土飛揚。遠遠的，他看見一群穿著哈姆斯制服的學生逃難似的奔跑，穿過扭曲而連接的阿利斯泰爾王城某個角落區域，直奔他們所在之地。

這時，學生們似乎看見什麼，如見鬼般賣力往前衝，一看見伊維塔就在前方，如看到救星般大吼：「是雷迪少爺！」

在哈姆斯學校，伊維塔除了是四大家族之首，同時能力也很強，大家面對伊維塔始終都帶著崇拜與畏懼的心態，可如今生死危及，看待伊維塔的眼神也變了。

戚冬雨瞇眼打量這群奔跑的學生後面，一抹穿著侍女服裝的黑色殘影晃動，她想再看更仔細，畫面卻再度扭曲，換上不知道是哪裡的叢林景色。

「發生什麼事情？」伊維塔詢問跑到這裡的學生，「你們是哪組？」

「中級組，從都市區來的。」跑在最前頭的學生氣喘呼呼的彎下腰，雙手撐著膝蓋，「我們不知道怎麼回事，好多人都昏迷了，聯繫系統的耳環不知去向。」

羅恩詫異地揚起眉毛，「聯繫系統的耳環不知去向？行前時，崔西亞主任不是說耳環不能遺失嗎？遺失無法聯繫現實，現實也無法定位學生位置，那要如何回去?!」

弄丟耳環是很嚴重的事情，事後系統在尋找失蹤學生需要花很多時間和精力。

另外一名男學生解釋道：「我有看到，是一個穿著古老服裝的黑髮侍女攻擊他們，搶走耳環！剛剛還想攻擊我們！」

另一名女學生點頭如搗蒜，「沒錯！我們試圖阻擋她的攻擊，但沒有用，那個人發起瘋來六親不認，只要看到配戴黑色耳環的就攻擊。」

難道是阿利斯泰爾？消失的短暫時間，他究竟遭遇什麼變故？

「我、我有看到她看見一尊女性雕像塌了就變得發瘋，可是雕像崩塌不是我們的錯啊，空間突然扭曲，我們無預警從另一個空間跑到這裡，還看見沃爺扎森林地的異變野獸跑到這裡來，是這些野獸破壞雕像！」女學生旁邊的同性友人則抱著雙臂瑟瑟發抖。

沃爺扎森林的實驗區專門關著實驗失敗的野獸，還有透過開啟的空間壁壘來到哈貝爾星球的異獸，這些來自他星的異獸若對哈貝爾存有危險，必須盡快除之，更好的做法是找出滅掉異獸的方法，因此實驗區都是在研究異獸。

戚冬雨從沒看過異獸的模樣，可是看女同學全身打顫的模樣，一定是很可怕的異獸。她深呼吸調頭步出別院，伊維塔看出她的舉動，上前攔住。

「你要去找耳環？」他相信她不會笨到去找異獸廝殺。

「那不然呢？在這裡等死、耗時間？系統不是沒有回應嘛，既然如此，找回多少學生就找回幾個，我們需要一個集合地，全力對抗異獸，四散只會讓傷亡更多。」

伊維塔揚眉，俯首凝視戚冬雨，看不出來她有經過深思熟慮，不過……他垂眸掃過她隱隱顫抖、用袖子掩住的手，果然在逞強。

「你們都受傷了，留在這裡替我們照顧被我們救回來的學生，我會在這間別院設下壁壘抵擋異獸，如果自己跑出去，那我愛莫能助。」說著，伊維塔回頭看了看同組的夥伴，現在情況危急，如果全部出動能找回失散的學生。

迎上伊維塔遲疑的視線，羅恩主動走上前，挑唇微笑，露出了兩顆尖牙，背部一對白色羽翼舒展開來，「危急時刻，我們不會留在這裡，走囉！」就連只對吃有興趣的羅珞，也嚴陣以待。

塞西冥眼神冷戾，呼應裸露出來的可愛小虎牙以及發達的肌肉手臂有些違和，「我們就不分組了，對吧！虛度空間扭曲，萬一跑到別的空間就不好了。」凌亂的亞麻綠髮在說話之際冒出一對小犬耳。

「一起行動！」柯爾看了看大家，主動伸出手。其餘的人見狀紛紛把手放上去。

戚冬雨呆看他們一一露出本來的面貌，組員們那麼努力，那麼她也要盡全力協助。她深呼吸，最後把自己的手放下，「加油！」

※※※

舒香閣狼藉一片，阿蘭雕像碎裂不齊，周圍的樹木被一股強大的力量應聲斷成兩截，土壤留下一層薄薄的凝膠與糍糊混和物。

一行人出發後先前往阿利斯泰爾最有可能出沒的舒香閣，怕就是怕阿利斯泰爾抓狂，人不知逃到哪了。

柯爾守在舒香閣外，伊維塔讓羅珞也一同陪伴，互相有個照應。

「別踩，地上這是凝糊獸的體液，他們會透過體液味道去找染上他們氣味的人，被他們纏上沒有那麼容易擺脫。」一隻手臂突地擋在面前，戚冬雨已經抬起的右腿頓時釘固不動，而她就像隻在動物園裡看見的白鷺鷥。

聞言的戚冬雨慢慢把腿伸回來，可背後傳來一陣轟隆的爆炸聲，嚇得她渾身一抖。

「唔！」身子向前傾倒，地面那攤糍糊離眼前越來越近——這時，左手被人握住、腰被抱住，眼前天旋地轉，視野扶正了。

「小雨，你還好嗎？」

戚冬雨仍呈現呆滯的狀態，聽見羅恩一問，她才遲緩點了點頭。不過她這才發現，羅恩抓住自己的左手，站在她面前，那麼從後面抱住她的人是誰？

伊維塔意識到自己緊緊抱住戚冬雨，觸電般的推開她。

戚冬雨與疾步往前走的伊維塔擦肩而過，四目相接的目光也只在對方身上停留幾秒。

塞西冥深入後院搜尋，戚冬雨則順著地上的血痕進入屋內。

戶外、屋內留下斑斑血跡，可是沒有看見屍體。舒香閣之外，四面八方響起異獸的嘶吼，腥味瀰漫，整片天空染成一片紅。

血腥味並不好聞，嗅覺敏感的塞西冥十分不舒服，努力撐著。

舒香閣內陳設積滿灰塵，白色窗簾被灰塵覆蓋，變成灰黑色窗簾。

啪噠。

「誰？」戚冬雨看向聲音的源頭，發現是開啟的窗戶吹拂窗簾導致。

噠——噠——噠——屋內深處響起緩慢的足音，年久失修的地板發出喀嚓聲，是磚塊破裂的聲響，隱約還有濕黏的聲音混合足音。

一抹殘影劃過眼角餘光，戚冬雨快步追上去，「站住！」判別應該是人。

然而，足音消失了。戚冬雨環顧四周，裡面昏暗，只有窗外微弱的日光照亮室內。

啪搭。

一滴水落在臉上，戚冬雨困惑抹臉，仰頭查探。驀地，一抹黑色殘影直撲而下，一股從心底深處湧上的危機使她繃緊神經。

雙腳比大腦快一步反應危險，她俐落地向後退步，攤開手掌凝聚一把雙槍型符文劍，雙眼眨也不眨揮砍過去。

槍頭劃過對方的身軀，四濺大量的黏稠液體，戚冬雨急速往後退，抓起一邊的窗簾擋下液體。凝膠、冰、漿糊來構成身體的怪物。牠們沒有實質的軀體，並且能夠隨意改變身體形狀。被砍了大塊肉下來的凝糊獸雙手按著缺塊的肚子。她是第一次看見凝糊獸的長相，外貌和人類沒有兩樣，所以剛剛才能聽見足音。

「呼哧──」凝糊獸嘴裡吐納沉悶的聲音，同時間，戚冬雨聽見屋內響起類似的聲響。昏暗中，凝糊獸細直的眼睛閃爍凶光。她驚覺不妙，這才發現這裡根本是的獸窟，裡面埋伏許多隻的凝糊獸，時常一大群出現，以軍團型攻擊。

身後吹起一股冷風，伴隨輕踏的步伐聲。噗撕──戚冬雨彎腰、側身閃避，雙手壓在地面，騰空翻了一圈。然而，壓根還沒看清楚從後面攻擊的人是誰，刀芒擦過耳畔，她只覺得耳垂蔓延溫熱液體，墜落地板。

接二連三的刀芒從耳垂擦過，戚冬雨一面防著隱身黑暗的凝糊獸、一面觀察襲擊者在哪？可對方動如脫兔，沉靜蟄伏暗處，給予被攻擊對象一記措手不及的襲擊。

她邊閃躲，覺得很奇怪，為何對方拼命攻擊自己配戴黑色耳環的那耳。

終於明白了！原因就是──

答案呼之欲出，天花板的懸樑上卻響起鬼魅般的聲音，彷若被人操控，聲線低沉無瀾。

「那個女人說，只要搶走耳環就可以讓阿蘭復活。」

阿利斯泰爾跳下來，手裡拿了一把手甲鈎，另一手則拿一把鋒利長劍，這些都是星能量凝化的武器。

才一小時左右沒見，阿利斯泰爾變得更憔悴了，雙眼無神，臉上斑斑血跡、身上的衣服經過打鬥如同破布。

揚起劍直向阿利斯泰爾，劍身浮現屬於生命領主的古老圖文字，「耳環藏去哪了？快交出來！」

「我要耳環。」阿利斯泰爾暴怒大吼，「給我！」

戚冬雨提劍放在自己面前，擋住阿利斯泰爾飛撲而來的攻擊，用力頂回去。

「原來都聚集在這裡！」羅恩俐落的翻窗進來，潔白的羽翼因戰鬥而染上異獸的血液。他拿著劍鞭，鞭條共有八節，是個很特別的星能量凝化的鋼鞭武器。

「外面交給我。」同樣揮舞鋼鞭的羅珞則在外面壓制異獸。

屋內的凝糊獸朝羅恩狂暴嘶吼，集體衝上前想咬住他。

聽見屋內有異響的伊維塔剛步入室內就見如一顆尋常氣球，卻是矮人獸，匍匐在戚冬雨腳邊。

此時，矮人獸圓滾滾的身軀，彷彿吹了氣球般，越變越大，隨時都有可能爆炸。

「小心！」

阿利斯泰爾忽然毛骨悚然地笑了。戚冬雨來不及反應，便被人緊緊抱住，往旁邊翻滾多圈。爆炸轟然響起，地磚被炸出大洞，蟄伏在黑暗處的凝糊獸跑到外面，和羅恩戰鬥。

爆炸引起的狂風捲起滿室塵埃，風勁吹亂劉海。戚冬雨緊緊環住對方的肩膀，慢慢睜開眼。

「怎麼會突然爆炸？」空氣的灰塵使她鼻子難受，咳了幾聲。

「矮人獸會自我爆炸，唔……」響起伊維塔略顯痛苦的呻吟，戚冬雨定眼細看，不由愣住。紅黑色交錯的龍鱗片從伊維塔的眼角蔓延穿過顴骨，頭頂的龍角顯現出來，高高揚起的紅色龍尾充滿磅礡的力量，光看包覆硬殼的龍尾就知道有多堅硬，任誰見了都會害怕。

多虧伊維塔及時張開空間壁壘，減少爆炸的衝擊力，加上大量使用星能量，龍族的特性彰顯在外貌上。

「伊維塔，你還好嗎？」戚冬雨嘴唇發顫，不是因為害怕，而是很震撼。伸手撫上他的臉頰，掌下冰冷得龍鱗十分逼真。

「可以。」緊蹙眉頭，閉眼的伊維塔應聲後睜開眼。

環顧四周的戚冬雨發現兩人在一個更潮濕的地方，頭頂上方的天花板破了大洞。不對，那不是天花板，是一樓的地板，因為爆炸炸毀地磚而掉到地下室。

戚冬雨及伊維塔相繼爬起來。

「伊維……不！」看見阿利斯泰爾想衝上前趁機攻擊，戚冬雨驚喊聲，作勢起身想擋下這波，然而伊維塔瞇起紅眸，風馳電掣般甩動龍尾，緊緊捆住阿利斯泰爾。

阿利斯泰爾發瘋似的怒吼，不甘心地扭動身軀。「交出耳環！」

戚冬雨想不通，阿利斯泰爾要耳環做什麼，還有那個「女人」是誰？洗腦阿利斯泰爾要做什麼？她深深提上一口氣，「阿利斯泰爾，住手！阿蘭看到你這樣會更心痛的。」

伊維塔仰頭看著被龍尾束縛住的阿利斯泰爾，儘管對他感到抱歉，好歹阿利斯泰爾是個受人民瞻仰崇拜的城主，居然被一條龍尾巴舉在空中動彈不得，挺諷刺。

「明明我才是最緬懷她的人，為什麼我遲遲沒有機會和阿蘭見面?!」

戚冬雨扶額嘆氣，開始後悔跟阿利斯泰爾說有聽到阿蘭的聲音，根本是搬石頭砸自己的腳。

伊維塔睨了她一眼，那眼神好比說：不是道士硬要充當道士，再這樣下去就變趕鴨子上架當捉鬼大師！

「我……」剛開口的戚冬雨看見阿利斯泰爾的身後，視線凝固。宛若雪花的紫水晶光點飄浮在阿利斯泰爾的身邊，彷彿是有生命的，繚繞不散。

伊維塔發現戚冬雨目不轉睛盯著某處，順著視線望過去，沒看見特別的。

「她在你旁邊。」戚冬雨忽然語出驚人，伊維塔皺眉心想，難不成說對了？她真的想當捉鬼大師？

不過她的表情不像在說謊。

「胡說！」阿利斯泰爾慌張張望，地下室依然空蕩蕩的。

「她一直都在！」戚冬雨哀傷斂下眼眸，「你當然看不到，人都過世了。」說完，她往前走向阿利斯泰爾，伊維塔急忙攔住。

「你做什麼？」

「阿蘭說有話要跟他說。」

握住戚冬雨的手掌輕輕一抖，戚冬雨順勢掙開，繼續走向阿利斯泰爾。

伊維塔實在搞不懂戚冬雨究竟想幹嘛，現在從捉鬼大師晉升為被鬼附身的大師嗎？她為何會說阿蘭有話跟阿利斯泰爾說？難道戚冬雨聽得到亡者說的話？

內心正懷疑時，就見戚冬雨走到阿利斯泰爾面前，伊維塔甩動龍尾，稍微降下阿利斯泰爾，讓兩人能面對面說話。

人現在被他尾巴捆住，絕對無法傷害戚冬雨，這點他放心。

戚冬雨在空氣中看似胡亂抓一把，可在伊維塔眼裡，她並不是在發神經，一定有他看不見的東西飄浮在半空中。

戚冬雨感覺到掌心傳來溫暖的氣息，彷彿平穩的呼吸，手心內的紫色光點慢速膨脹、縮小，反覆多次。

這是生命嗎？不對，阿蘭不是已經死了，這個光點好像是阿蘭。

她在內心默默呢喃：如果是阿蘭，請告訴我該如何拯救阿利斯泰爾，好嗎？

掌心的紫色光點忽然劇烈掙扎，戚冬雨作勢鬆手，以為光點想飛出去，誰知道剛攤開手掌，光點文風不動。

戚冬雨重新將光點握緊，感受到平穩的起伏，彷彿有股地心引力牽引她的手靠近阿利斯泰爾的心臟。

紫色光點越靠近阿利斯泰爾，震動得越劇烈。她鬆開手，紫色光點仍然沒有飛出，於是她用掌心貼上阿利斯泰爾的左胸口。

本是滿目怨懟的阿利斯泰爾在幾分鐘後紅了眼眶，眼淚如斷了線的珍珠撲簌簌流下。

「嗚……嗚，阿蘭，阿蘭，我好想念妳。為什麼現在才跟我說，妳永遠陪伴在我身邊。」他張著口狂哭，聲音哽咽。

「對不起，我害妳擔心了……我會為了妳的份一起努力，等我，一定要等我，我會治理好這個國家，嗚……」

掌心的光點劇烈抖動，一股陌生卻溫暖的感覺透過手心的媒介傳達到心扉。戚冬雨頓時明白為什麼阿利斯泰爾會自言自語，是阿蘭在跟他說話。

光點的情緒不穩定，她能感受到，祂也在哭泣。

阿利斯泰爾的眼淚持續地流，滴落到禁錮住自己的龍尾巴。站在戚冬雨後面的伊維塔臉色很難看，抽回尾巴，一來，阿利斯泰爾現在已經沒有殺氣；二來，有阿蘭和他溝通，哪管得了外人。

不過，保全起見，他在阿利斯泰爾外圍設下一層空間壁壘，以備不時之需。

摔到地上的阿利斯泰爾仍然在哭泣，紫色光點隨著他的墜落飛到窗外，消失在燦爛的陽光中。

「對不起……」阿利斯泰爾跪趴在地，布滿灰塵的地面染上一點一點的淚漬。

戚冬雨仍望著阿蘭離開的方向，直到在次聽見阿利斯泰爾說對不起，並且裙襬傳來一股拉扯，她詫異垂眸一看。

「對不起……謝謝……」

戚冬雨搖頭，「我沒幫上什麼。」

「偷走的耳環在哪裡？」伊維塔等不及，就在前一兩分鐘，他的耳環接收到從沃爺扎森林傳來的訊號，雖然不知道扭曲的虛度空間何時會恢復原狀，但已經把情況會報給系統。

「現在不要問這個啦。」戚冬雨同樣心急耳環下落，但是現在阿利斯泰爾很難過，情緒還沒平復好，萬一心情不好，又對人攻擊相向怎麼辦。

幸好阿利斯泰爾沒有情緒起伏不定，他吸吸鼻子，指向某個方向——堆滿廢棄衣櫃的牆壁。

戚冬雨走過去，動手準備挪開這些陳舊櫃子。伊維塔把她推開，食指和大拇指輕輕向上一揮，櫃子紛紛騰空飛起，挪到了一邊。

戚冬雨從震驚中回過神，和伊維塔摸索牆壁，最後在一塊空心的區域用力敲開，裡面還有一個隔間。

數十個耳環靜靜躺在一個盒子裡面，伊維塔全部拿出來放入自己紅色寶石耳環內，這副耳環還有另一個功能，能收納很多東西。

一樓外面恢復寧靜，羅恩和羅珞坐在地上休息，一旁躺了很多昏迷的學生，這些學生被扔在後院長滿雜草的角落，如果不是和凝糊獸打鬥打到那邊，很難發現這群學生的蹤跡，而且他們的耳環也被阿利斯泰爾偷走。

至於守在舒香閣的柯爾不知何時發現異獸蹤跡，加入戰鬥行列，並在一旁照料昏迷的學生們。阿利斯泰爾不哭了，可仍抽噎著。地下室另外發現許多受傷，沒有昏迷的學生，還能自由對談，意識清醒。

當伊維塔和戚冬雨把學生們一個個背出地下室，回到戶外時，虛度空間已經恢復原樣。現在沃爺扎森林的崔西亞主任利用系統還一一定位學生們的下落，並傳送回現實世界。伊維塔有些累，就把耳環扔給夥伴們，由夥伴分別把耳環戴回學生們的耳垂上，大家便同心協力將學生們送回原來的住所。

王城內死掉許多侍女和侍衛，阿利斯泰爾立刻派人清掃舒香閣，其他別院是否有損失，他必須親自檢查。

經過一場混亂的戰鬥，所有人都累癱，回到別院後就是躺在床上休息。

受傷的學生先被系統送回現實世界治療，雖然是虛擬訓練，但全都是仿真的，如果訓練測驗不夠真實，那就不叫訓練營活動了。

伊維塔等人屬於沒有大礙的一群，傳回沃爺扎森林的受傷學生須優先治療，可醫療人員不足，無法一次性把各個空間的學生傳回來，分批傳送才不會造成系統超載、導師們的忙亂。

戚冬雨算是受傷比較少的，就擔當起照顧其他學生的任務。系統把不小心來到阿利斯泰爾時代的學生送回現實世界，戚冬雨便先徒步回房休息。

夕陽投射在紅磚牆面，伊維塔佇立在階梯上，斑駁錯落的樹影灑落在他雕刻般的側臉，呈現出不同的感覺，彷彿塵世喧囂都離開。

回到住所的戚冬雨看見便是很美的景色，一名帥氣的少年迎風佇立，臉頰的龍鱗片仍存在，處於半龍型態。

「你在舒香閣後面究竟看到什麼？不單單一尊雕像就讓妳想到是阿蘭？是生命領主的能力吧。還有，因為這樣你才能聽見阿蘭想跟阿利斯泰爾說話？」伊維塔單手撐著欄杆，看似漫不經心的詢問，實則讓戚冬雨感受到壓力。

「唔……」

看見戚冬雨支吾其詞，絞盡腦汁想個理由打發自己，伊維塔正眼看她，「我知道你有生命領主的基因，大家都知道。」紅眸一瞬不瞬盯住她。

戚冬雨自知瞞不過除了赫威以外的三大家族。現在坦白反而有助於組員間的和睦相處，加深彼此的默契。

她坦承地說：「嗯，我明白了。不過有個地方你猜錯了，我欺騙阿利斯泰爾說阿蘭有話要跟他說，我看得到有紫色光芒徘徊在阿利斯泰爾身邊，我覺得是阿蘭，那些光點散發出一股溫暖的感覺，很舒服。」她緩緩述說自己的觀點與見解。

戚冬雨之所以將活著的假阿蘭（阿利斯泰爾）和已經死亡變成雕像的真正阿蘭聯想在一起，是離開前聽到的那句話——拯救他吧……拜託拯救他……救救阿利斯泰爾……

說話的人才是真正的阿蘭，否則不會稱呼假扮的阿蘭為阿利斯泰爾。

伊維塔靜靜聽著沒有打岔，透過戚冬雨解釋後，他想不通的地方都有正確的答案。

看見伊維塔滿意點點頭，戚冬雨問道：「我需要和其他人解釋？」

「不用，我會和他們說。」

「那你還有其他問題嗎？」

伊維塔陷入很長一段時間的沉默，久到戚冬雨認定他沒有任何問題。伊維塔向來對人冷漠，尤其是對她。所以她就當作伊維塔沒有問題。

戚冬雨走向自己的房間，就在要越過伊維塔時，他喊住她。

「現在只有四大家族知曉你的身分，想要平安過完學校生活，就不要太招搖。」

這些話是在經歷過這次事件後，有感而發而來，因為他有看見那些被困在地下室的學生，對他以及戚冬雨的眼神，充滿……欽佩與崇拜。

他並不是忌妒戚冬雨發光發熱大展身手，她變得越強越好，這樣才不會拖累組員的分數，只是戚冬雨既然擁有生命領主的基因，不論她是男是女都會讓整個星球狂熱不已。

戚冬雨腦海頓時響起和赫威家族的約定。她要變得更強掌握自己的生活，可是變強並不一定是成為校園的風雲人物，況且女兒身的秘密絕對不能被別人知道，越是低調，越能守住秘密。

第七章　一個願打，一個不願挨

「生命領主看得到鬼？」戚冬雨坐在床上，手錶在半空中投射一幅虛擬視頻，視頻畫面中有個留金色短髮的年輕男人，那雙水藍色眼眸清澈透亮，五官神似同班同學柯爾。

艾加倫語塞了一會兒，突然爆出笑聲，「……哈哈哈！怎麼可能，是妳看錯了！」他正色說道：「所以妳看到什麼光？」

「紫色光芒。」

「我記得我有給妳一本關於生命領主的書，妳可以看看，裡面有妳要的答案。」

戚冬雨點了點頭，這時房間的門被推開來，頭上披著頭巾的伊維塔剛洗完頭，戚冬雨慌慌張張關掉視頻。

「好，不聊了，謝謝，再見。」

每天早上伊維塔都會先洗完頭後再去學校，戚冬雨和赫威家族聯絡通常也是利用這個時間，詢問有沒有哥哥的下落，得到的答案仍然沒有。

外面人多嘴雜，如果去外面和赫威家族聯絡，即便再小心，依然有機率被其他人聽見，不如待在房間裡。

「你可以繼續聊。」伊維塔沒有興趣偷聽別人在聊什麼。

「不用啦，我聊完了。」戚冬雨爬下床，打開衣櫃翻出紙箱，裡面存放從赫威家族帶來的書籍，居多是有關生命領主的書。

翻開書本目錄，尋找靈魂之光的頁次——靈魂之光象徵人身上的氛圍，每個人的靈魂都有獨特的靈魂之光，其顏色都展現出不同的性格、思維、天賦等，並且靈魂之光的色彩會經由內外在環境改變。

靈魂之光的顏色有很多種，凡視野內看見的顏色都屬於靈魂之光的顏色，只是世界顏色太多，哈貝爾星球研究學者還沒瞭解個透徹。

在阿蘭身上看見的紫色靈魂之光象徵消除矛盾與隔閡，終止負面思想。

面對這個答案，戚冬雨不感到意外，阿蘭的存在對於阿利斯泰爾來說是救贖也是負面的墮落，也就是說，活著的阿蘭將阿利斯泰爾拖入負面，死亡後的阿蘭卻變成終止阿利斯泰爾的負面思想。

「不意外阿蘭是紫色的靈魂之光。」不知何時吹乾頭髮的伊維塔站在戚冬雨身後說道。

「小雨，一起去上課囉！」門倏地被推開，羅恩滿面春風站在門外。

「進來先敲門。」伊維塔皺了皺眉，轉身越過羅恩步出。

一周前，訓練營活動不算順利的結束，這次虛擬訓練測驗幸好沒有學生死亡，傷勢較嚴重的學生經過治療後已經逐漸復原。

戚冬雨這一組儘管沒有人受傷，但沒有完成任務。

虛度空間因不明原因扭曲，校方已經介入調查，並請來母腦愛莉佩絲尋找主因，仍然查不出原因。

伊維塔和其他人懷疑訓練營活動系統有人從中作怪，指使阿利斯泰爾偷走學生們的耳環，這件事情是他後來聽戚冬雨說的。

偷走耳環對兇手要有幫助的話，兇手的目的是想破壞訓練營活動進行，和羅恩他們討論後，他想不出來誰有破壞訓練營活動的動機。

校方找不到線索的情況下，這件事情一直擱著，很有可能沒有下文。

由於虛度空間出問題，校方本想取消這次活動結果發表，回收得獎者贈品，但經過多次會議討論，決定公布測驗結果，僅貼出各組任務的進度狀況。

一群學生聚集在公佈欄前，塞西冥擠不進去人潮裡，索性推著人高馬大的柯爾開道，大家才擠到公佈欄前面。

然而，看見公佈欄白紙大黑字，塞西冥爆髒話出口，「靠，崔西亞主任頭殼壞掉嗎？」

羅恩對於結果很訝異，「我們任務有成功？不可能呀，阿利斯泰爾吃了我們提供的甜點滿意值沒有變動呢，況且事情解決後，我們也沒有再次給阿利斯泰爾吃。」

「要不要去跟崔西亞主任說？」柯爾畏縮地站在一旁，能感受到很多學生都在看他們這群硬擠進來，氣惱、羨慕等，各種專注的目光，可是發現是四大家族的人，沒人敢開口要他們別插隊。

戚冬雨小聲囁嚅道：「因為離開虛度空間前，我有去阿利斯泰爾的寢殿，把我們剩餘的甜點都送給他吃了。因為我對那兩人沒有緣分的愛情感到惋惜。」

她到寢殿時，從外面就能聽見阿利斯泰爾撕心裂肺的哭泣聲，那種悲傷就像痛失親人，聽得她心裡揪痛。

「對不起，我應該先和你們討論。」這件事情她沒有和組員商量就擅自決定，她想說任務既然失敗，也不確定阿利斯泰爾會不會吃甜點，就沒和組員提起。

「是該先和我們討論，小組之間本來就要互相信任。」伊維塔不冷不熱的說，聽不出情緒起伏，戚冬雨覺得伊維塔不太高興，反正他時常針對她，不意外啦！

「幹得好！」反觀羅恩始終給予鼓勵，就連這次也十分讚許。

戚冬雨笑了笑，心裡高興不起來。老實說在虛度空間執行任務的過程，她漸漸覺得和伊維塔間的隔閡消失，有身為他們一份子的感覺，不論在澡堂賺錢或舒香閣戰鬥，伊維塔給人的感覺很強，能安心把背後交給他保護。

是的，那場戰鬥中，她受過伊維塔許多保護。她曾以為伊維塔會不管自己的死活。

然而回到沃爺扎森林後，彷彿夢醒般，全部回到原點，伊維塔依然不冷不熱，有時候在宿舍內，會當作沒有她這個人存在。

心頭一陣抽痛，戚冬雨不知道這是什麼感覺，除了想獲得伊維塔的認同，還有一份很陌生的感受隱隱發酵。

帶著滿腦子的紊亂思緒，戚冬雨恍惚地坐在位置上，大樓外傳來叭叭的聲音，一輛輛應援餐車開進校園，車子頂端架設一台電視螢幕，螢幕播放著訓練營活動的錄像。

教室裡的學生一聽見外頭傳來的聲響，擱下手邊的事務，紛紛擠到窗邊探頭。「哇！天哪，有二十台車。」

「好香喔，是吃的耶！」

「你看螢幕播放的！」

戚冬雨沒有想湊熱鬧，人擠人的，直到有人喊她的名字，她才一臉呆樣抬起頭。

「小雨，快來看。」羅恩仗著柯爾高大的身材，擠到最前方，一面向她招了招手。

柯爾目瞪口呆地看著樓下，「冬雨變成校園紅人了。」

塞西冥望著樓下，一邊咬著嘴唇，看起來忌妒又羨慕，「哇，這些女生在校內是榜上有名的校花耶！而且還是校園赫赫有名的啦啦隊舞群。」

戚冬雨被羅恩拉到窗邊，有二十台餐車在播放伊維塔組的戰鬥事蹟，其中十台播放的主角是戚冬雨，由於她耐心且富有同情心的心態，讓這次受傷的學生能夠平安歸來，更是她在離開虛度空間，前去關懷阿利斯泰爾，讓組員贏得比賽，獲得餐車播放的殊榮。

塞西冥吃味地說：「看不出來你這弱雞很有本事，居然靠著訓練營事件，把自己的爛名聲洗乾淨。」

她是弱雞有必要說出口，再捅一刀嗎？這是大家都知道的事情。戚冬雨有苦難言，噘著嘴。

伊維塔悄悄看著戚冬雨的表情，噘嘴？這像是女生才有的動作，西西娜亞在他面前噘嘴過幾次，代表著她是處於鬧彆扭、委屈的狀態。

塞西冥的聲音又將伊維塔拉回來，「我入學到現在，都沒有啦啦隊為我跳舞！」

「可以請他們不要播放我的部分嗎？」原來塞西冥糾結的是這個嗎？如果可以，戚冬雨願意把螢幕都讓給塞西冥，如果她有權利，她願意去跟啦啦隊說，幫塞西冥跳愛的加油舞蹈！

「我也不喜歡。」柯爾發覺同學們的目光都落在自己和夥伴們的身上，感到不自在，悶悶說了一句，便回到位置。

「哥，我們趕快下去搶吃的。」羅珞的注意力不在螢幕，而是餐車上的食物，香味遠飄，讓他待在教室情不自禁。

「好，我們下去。小雨你們要走嗎？」

「我不去。」柯爾一個勁兒看書，頭也沒抬地說。

「我跟你們去，快快快！再晚就來不及了。」塞西冥衝回抽屜，拿出錢包和手機，巴不得趕快去看啦啦隊的表演。

「那——」羅恩看向伊維塔。

伊維塔接收到羅恩的目光，朝他們搖搖手，「你們自己去。」他跟柯爾一樣，沒興趣湊熱鬧。

「我也不——」戚冬雨未得及拒絕，羅恩便拉住她的手，一手搭住肩膀。戚冬雨在半推半就下，讓羅恩推了出去。

「小雨，那你就跟我們一去唷，畢竟你是這次的主角呢！」

伊維塔從書本中抬起眼，發現戚冬雨面有難色，但也不好意思駁同學的面子。他的視線瞄向兩人交疊的手背，心頭猛地掠過一抹奇異的感受，大腦未經思考，他衝動站了起來。

「不然一起去吧。」伊維塔雙手插入口袋，單腳將椅子踢正。

「伊維……」柯爾對於伊維塔的行為，滿臉困惑，只不過他們這群人時常一起行動，既然大家都要去，沒道理他不去。於是柯爾加入行列，一夥人朝應援餐車移動。

二十輛餐車除了賣美食，也賣這次比賽得獎的伊維塔等人周邊贈品，例如手工小玩偶、明信片、應援燈光棒、海報等，戚冬雨走在最後方，柯爾則被羅珞拉到最前方，硬用鴨霸的手法，仗著大個兒身材，長驅直入某輛擠滿人潮的鯛魚燒餐車。

「好香，我要吃這個。」羅珞口水快要流出來了。

羅恩向老闆喊道：「來六個！」

老闆將製作好的鯛魚燒分裝到紙袋，遞給羅恩。羅恩隨機發給夥伴，一行人來到操場旁邊，大快朵頤。

戚冬雨接過熱騰騰的鯛魚燒，打開紙袋，頓時沒了胃口。這是啥啦！美味的鯛魚燒居然是伊維塔的臉孔，就算她餓死，也沒有膽子咬伊維塔一口……天哪，好糾結！

其他人拿的也是伊維塔造型嗎？戚冬雨瞧了瞧其他人的鯛魚燒，一眼便對上伊維塔冷冰冰的視線，似乎在暗示敢咬一口試試看，給你顏色瞧瞧。

「呃，我跟你換。」戚冬雨冷汗直流，主動提出交換的需求。她發現伊維塔手裡拿的是戚冬雨造型鯛魚燒。

伊維塔不發一語，拿著自己造型的鯛魚燒、優雅站在一旁食用。

羅珞突然語出驚人，「冬雨的味道真好吃。」

「咳！」戚冬雨差點沒噎著，「你在說什麼啦！」

「冬雨的味道就很好吃啊，草莓口味！」羅珞不明白戚冬雨幹嘛對著他吼。

「這句話好曖昧哦！要大口大口的吃，好好品味冬雨的味道。」羅恩笑得令人欠扁，火上加油的說詞讓戚冬雨氣到語塞。

原本拿到冬雨造型的伊維塔冷不丁地說：「聞到味道就倒胃，連吃都不想吃。」

咚，伊維塔的冷嘲熱諷使得戚冬雨默默承受被夥伴們罵成這樣。

可惡，你們現在是攻擊我嗎？多個打一個！戚冬雨一面大口吃著鯛魚燒，一面碎語嘀咕：「草莓味道是最香的，最甜的！」

「真的嗎？我也要咬一口。」塞西冥突然抓住戚冬雨的手，張口就咬。

戚冬雨瞬間懵了，其他人不約而同看著塞西冥的舉動，只見他老神在在的嗑掉三分之二。伊維塔正好咬著鯛魚燒，一雙紅色眼睛隱隱浮動不悅的情緒，他低著頭、悶不吭聲，耳朵的注意力卻集中在他們的對話。

「阿冥，你是沒吃早餐嗎？想吃冬雨就在去買一個呀。」羅恩揶揄道。

塞西冥順便吃完自己的份，「我只是好奇味道，不想吃整個，草莓太甜，我果然還是不喜歡。」

都沒有人覺得怪怪嗎？好吧，現在她的身分是男生，男生吃男生的食物不會間接接吻，但是剩下三分之一，她沒胃口了。

柯爾察覺到戚冬雨的臉色，於是主動想把自己還沒吃的鯛魚燒送出去，「冬雨，不然我的給你吧，我沒有胃口。」

「沒關係。」

伊維塔不知道何時再買了一份，朝著塞西冥丟過去，「阿冥，接著，想吃再買。」轉身，他直接將新的一份草莓口味推進戚冬雨的手掌心裡。

「啊，謝謝。」戚冬雨受寵若驚，兩手捧著熱騰騰的鯛魚燒，感激地朝伊維塔瞅了瞅，可惜對方沒打算與她對眼。

此時上課鈴聲響起，一群學生開始在操場奔跑，趕著回到教室。突然一名女學生在奔跑中筆記本掉落，戚冬雨撿起筆記本追上去。

「同學，等等，你的筆記本！」

女學生聽見有人在後面叫住自己，轉身停下來，看見撿到筆記本的居然是戚冬雨，女學生面紅耳赤害羞道謝。

「謝、謝謝……你。」

一行人回到教室的路上，其他班的學生忽然驚呼聲，拉著其他人激動呼喊。

「呀～是戚冬雨，聽說他和凝糊獸戰鬥超帥的！」

「嗚嗚，我也想被他撿到筆記本，以前都不覺得他很可愛，現在覺得他笑起來好可愛哦！」

戚冬雨面色尷尬的扭頭奔進自己的教室，堂堂女孩子聽見同性尖叫說好可愛，渾身起雞皮疙瘩啦。

與其他人一起返回教室的伊維塔看見戚冬雨逃難般的奔跑，開口說：「我說過要低調，現在你的一舉一動都受人檢視。」

「我知道。」戚冬雨不想成為校園的紅人，可是眼睛和嘴巴長在別人身上啊。

白天的課程結束後，戚冬雨趴在桌上嘆氣，一般A等系的課程真不是蓋的，每天操勞累死，是以前在地球學校過太好嗎？

伊維塔在鐘聲一響後就離開了，沒有人知道他去哪。戚冬雨和室友一起走回宿舍。

今天用腦過度，戚冬雨連路都懶得走，想搭飛行車回宿舍，於是一行人搭乘飛行車回去。

經過通往宿舍的庭園時，她看見有個少年站在涼亭下，他的身邊有位氣質出眾的長髮女學生，身材姚挑，肩上背著名牌包。

此時，女生勾住伊維塔的胳膊。仔細一看女生的容貌，正是上回在宿舍大門幫自己開門的女生。戚冬雨頓時不適滋味。

注意到戚冬雨目光的羅恩皺眉望著女學生那窈窕美麗的身影，賊西西地笑著。

「你喜歡西西娜亞？嘿嘿，看不出來你喜歡千金小姐型。」

「我？」戚冬雨吃驚羅恩的詢問，連忙搖頭，「我不喜歡，沒興趣的。」一面回答羅恩，一面心中思索西西娜亞的身分，原來是千金小姐，怪不得手上戴著金光閃閃的飾品。

「你不要喜歡西西娜亞，那女生太刁了，在伊維面前是小女人，在班上則是女王。」儘管塞西冥喜歡美女，但西西娜亞這種嬌嬌女，他才沒興趣。

「那冬雨你對誰有興趣？」柯爾好奇的問道。

羅恩興致勃勃的說道：「不是西西娜亞，就是對伊維有興趣囉！」

柯爾被驚駭到了，「冬雨喜歡男生?!」

「都閉嘴！我不喜歡男生。」戚冬雨滿臉黑線，瞧他們你一言我一句，都不讓她澄清嗎？

「那你剛才為什麼看著他們……」羅恩傾向戚冬雨耳側，小聲說道：「面露惆悵？」

戚冬雨渾身僵硬，側眼看著一臉興味盎然的羅恩，正經八百地撒謊：「因為西西娜亞配毒舌的伊維塔太浪費了，我覺得她很漂亮，值得脾氣更好的男生。」

「嗯哼。」羅恩往後退，向後一靠。

塞西冥對於戚冬雨的一番話，嗤之以鼻，「最好是咧！伊維的身分是連西西娜亞都算高攀了。雷迪家族是哈貝爾最尊貴的家族之一，配得上他也只有我們幾個家族的女性，是他父親想替雷迪家族趕快留後吧！」

柯爾點頭如搗蒜，井然有序的解釋，「對啊，冬雨，我們都是有傳宗接代的壓力，但是雷迪家族的壓力更大，因為父母雙方的星能力值越高，後代的基因和能力越好，凡能力愈強者，更能保護好哈貝爾星系。」

羅恩補充最後一句，「因為他是空間領主的後代。」

「原來如此。」戚冬雨努力泰然的回答，儘管她現在思維很亂，被很多炸彈炸過似的，但她聽得出來一件事情。

伊維塔必須找一位與他能力匹配的伴侶。

她現在只是生命領主的後代，連家族都沒有，還是個隱瞞性別的漂流者。

戚冬雨的心情莫名沮喪，回到宿舍的路上，沒有再開口講話。

※※※

當天晚上，回到宿舍的伊維塔馬上被其他人攔下逼問一番，和西西娜亞相處得如何？

西西娜亞是伊維塔目前看過膽子稍微大一些的，站在喜歡的男生面前不會害羞，講話直接而鏗鏘有力，甚至主動握住手，但一點也不意外，伊維塔有聽過風聲，西西娜亞在班上以發號施令者自居。

即便再怎樣大膽，伊維塔沒感覺就是沒感覺，果斷的抽開手，保持適當且禮貌的距離。

戚冬雨覺得頭有點沉重，今晚早早上床睡覺，知道伊維塔對西西娜亞沒興趣而鬆口氣，但用餐時間聽見伊維塔接到父親的電話，被強迫和西西娜亞外出用餐。

西西娜亞主動到男生宿舍樓下等待伊維塔，羅恩等人湊熱鬧跑去偷窺，戚冬雨不太想去，可內心有個「好奇」的聲音驅使去看。

看一眼就好。然而，她不只看一眼，而是目光發直看著西西娜亞，內心非常羨慕。

西西娜亞笑容溫婉，舉手投足間嶄露良好的教養，和羅恩他們打招呼時，嬌滴滴的聲音並不會讓人覺得反感，反而覺得很好聽，就連身為同性的戚冬雨討厭不起西西娜亞。

當天晚上，戚冬雨渾渾噩噩的陷入熟睡，日有所思夜有所夢這句成語是對的，這天晚上睡得不安穩，夢見伊維塔和西西娜亞結婚，婚禮上鮮花滿天飛舞，兩人臉上都洋溢幸福的表情。

清晨四點從夢境中驚醒，戚冬雨往下看，伊維塔正在睡覺。她在床上翻來覆去，翻了一個小時仍睡不著。

剛好到了清晨五點練習時間，她拿著學生證，換上便服去訓練場鍛鍊。

在戚冬雨走後不久，伊維塔甦醒。

每天清晨五點，戚冬雨都會悄悄跑去訓練場練習，她的努力與認真是有目共睹的，而且經過訓練營活動後，面對她已少了幾分偏見。

聽羅恩說，戚冬雨的星能量與身體的融合度、未開發、攻擊能力、防禦能力狀況都不太佳。按理，訓練這麼久，星能量早已和身體契合，唯一可能的原因，就是尚未完全開發生命領主的能量。

擁有生命領主的能力卻契合不起來很可惜。

伊維塔翻身起身，拎起掛在椅子上的外套穿上，拿起學生證走出宿舍。

徒步走下山坡，來到訓練場，平常上課時間是八點，有時候導師有規定早自習才會七點去學校，因此清晨五點對學生來說很早，訓練場只有戚冬雨一人。

可是抵達訓練場後，不只有戚冬雨一人，還有一位長相可愛的女學生。這位女學生害羞的九十度鞠躬遞出一封信。

伊維塔靜靜看著，訓練場空間很大，可在安靜的環境下，裡面的交談聲透過回音，人在外面的他聽得一清二楚。

原來這位女學生向戚冬雨告白，伊維塔本想先離開，可是腳底彷彿上了黏著劑。雖然偷聽不好，但很好奇戚冬雨會不會接受？

戚冬雨和氣拒絕對方，可告白失敗對女孩子來說很難受，當場大哭。

裡面響起緊湊的足音，一抹飛快的身影奔跑而出。

戚冬雨歉疚的看著女學生離開，準備戴上頭具進行訓練，入口處響起緩慢的足音，她以為是女學生回來，一看居然是伊維塔。

戚冬雨傻愣原地，失聲許久。這是第一次看見伊維塔在她練習時間過來，難不成他要用嗎？所以想要她離開？

儘管這裡遊戲艙很多，心知肚明伊維塔不喜歡看到自己，戚冬雨擅自腦補，結結巴巴地說：「我不知道你也要使用，我剛好累了，先回宿舍。」

「不用，你進去。」

伊維塔依然故我走到控制遊戲艙主機前面隨意點了幾下，看得出來很熟練如何操作。只見在戚冬雨使用的遊戲艙隔壁那台發出吱的聲響，緩慢順著軌道滑過去，兩台遊戲艙側邊互相碰撞，發出喀擦聲，遊戲艙併排合併。

「你到底想幹嘛？」

「進去。」他沒有說任何原因，直接用命令式的口吻說。

嗯？這讓戚冬雨皺眉不解，很快又聽到他催促道：「我現在想打一場遊戲，陪我打一場，快一點！打完我要回去睡覺。」

「那你回去睡覺好了啊！何必勉強自己玩遊戲。」搞毛啊，她是來這練習，不是來當他砲灰打遊戲的。

「因為你吵到我了。」伊維塔說起她起床後，他也跟著起床。

戚冬雨認為自己很小聲了，沒想到還是吵到他。「吵到你休息，我很抱歉。」

「不要浪費口水道歉。」伊維塔坐進遊戲艙，不耐煩地催促，「快點進來，護具戴上。」

「可是我不是很會打……」戚冬雨不想要一邊打，一邊被罵。她想要練到一定程度，讓他刮目相看，至少在他心目中，不要比學餐事件更像弱雞。

「無所謂，你看我打就好，學起來。」

看你打？無所謂？這是要教我的意思？戚冬雨眨了眨眼，怎麼好像聽到天方夜譚的話啦？

「如果是看你打，我沒問題。」戚冬雨面帶微笑坐進遊戲艙，然後戴上頭具及護目鏡。

見他沒有行動，她拉下護目鏡，看向左側的伊維塔問道：「不走嗎？」

「嗯，要記得學起來。」

「是！」明明就是想教她，可是不明說！戚冬雨在心裡笑得很樂。

「笑什麼笑！」伊維塔怒斥一聲。

戚冬雨立刻惦惦，真糟糕，不小心太樂，笑到眉開眼笑被發現了。

伊維塔皺著眉頭，指示她如何調整座椅，「椅子角度不對，要調整，往後傾斜十五度。」

戚冬雨照著做，但是角度遲遲沒有抓準，伊維塔越看越火大，他一定是中邪了，才會想教戚冬雨。

「飯桶，連個設定座椅都不會操作！」

呃，戚冬雨笑不出來，兩個小時都要這樣被他念，耳朵會長繭啦！能不能反悔啊？

「別動。」

現在戚冬雨是一個指令一個動作，他說不動就不動，可是他要幹嘛？戚冬雨看著他起身，然後走過來，在面前彎下腰。

原來是幫她設定座椅角度啊。

戚冬雨不自在的往後縮，臉也微微偏一邊，他的頭髮掠過她的鼻頭，使她忍不住打個噴嚏。

儘管盡力憋住了，細微的聲響仍引起伊維塔的注意。

「你真的很——」髒。伊維塔轉頭，正巧與低頭道歉的戚冬雨撞得正著，兩人同時發出吃痛的聲音。

「對不起！」戚冬雨抱住撞疼的額頭。

可能是男生的關係，伊維塔儘管感覺到痛感，但沒有痛到無法忍受。

基於室友關係，伊維塔壓下怒氣，冷靜地詢問：「沒事嗎？」

「沒事。」戚冬雨抬起頭，淚眼汪汪的模樣讓伊維塔怔住。居然哭了？而且哭得……令人憐惜，委屈的癟著嘴、透露出憨氣的聲音。

「沒、沒事啦。」伊維塔感覺自己就像在安慰小妹妹，無法扳起臉孔，只好伸手摸了摸戚冬雨的額頭。

「我不是故意的。我有心想學的。」

伊維塔有些心不在焉，因為當他的手摸上戚冬雨的額頭，細膩的觸感令他皺起眉頭，而且她身上有股很淡的香味，並不是香水的味道，是沐浴乳的味道。

男孩子有這麼軟的肌膚嗎？伊維塔垂眸盯住她，怪不得像弱雞。

「沒事。還可以打嗎？」

仰起臉的戚冬雨對上他深沉的目光，戚冬雨瞬間回神，也許是太想哥哥了，被人這樣一關懷問暖，忍不住就撒嬌。

「可以打。打一小時吧？」她現在認為被他念一小時就好。

「行。」伊維塔沒有發現戚冬雨的內心小世界。

戚冬雨手按著胸口，內心忐忑不安，應該沒有被發現是女孩吧。

伊維塔回到自己的遊戲艙，兩台遊戲艙對接訊號，同時間進入虛度空間，接著他釋放星能量，一條壯碩的龍尾巴出現。

戚冬雨頓時感受到一股強大的威壓，硬是吞下恐懼，喚出符文劍。

「從現在開始十分鐘內，你只要能打到我的尾巴就成功了，砍、劈、劃，都行。」

「你不是說看你打就好嗎？」戚冬雨傻了。

打伊維塔？天哪，萬一把他砍傷，怎麼辦？不對不對，他這麼強，不會被她這隻弱雞砍傷。

「一個人打多沒意思。快點！」

在伊維塔的催促下，戚冬雨深呼吸，衝上前對他的尾巴用力一擊。她沒有採取任何技巧，單純的朝他尾巴衝刺，顯然的，龍尾巴輕輕鬆鬆避開第一次的攻擊。

戚冬雨不服輸，疾步奔走，來到他面前，手肘先推出去，作勢攻擊他的腹部，緊接著拿著符文劍的手腕微轉，以劍柄朝他腰際捶下去，可惜力道不夠，對伊維塔而言是被輕撞一下。

「看招！」戚冬雨抓準時機，利用背部欺近伊維塔的側身，符文劍高舉，往龍尾巴揮下。

伊維塔轉身，膝蓋微彎，上半身向後傾斜，單手擒住她的手腕，然後拉開。

「動點腦好嗎？」

真是火大！居然把她騙進來打架。戚冬雨揉揉手腕，握緊符文劍再度衝了過去，朝著伊維塔亂揮亂劈，毫無章法的使勁攻擊。

伊維塔發出一聲嘆息，這聲嘆息就像在說：沒救了。剛好近身的戚冬雨聽進耳裡，心頭不適滋味。

「你太激動了，冷靜下來才能想出適當的攻擊方法。」伊維塔左、右閃避，雙腳宛如漫步雲端，輕鬆移動，與氣急敗壞的戚冬雨對比下，一個毛躁、一個優雅，不是同個層次的人。

「聽不懂人話嗎？」伊維塔凝視著面容嚴肅的戚冬雨，不禁有些氣惱了。

他一定有弱點！龍族的弱點是哪裡？戚冬雨完全陷入自己的思緒，壓根沒聽見伊維塔不斷地喊。直到肩膀傳來一股力量，她感覺到身體失衡中，狼狽地摔倒在地，符文劍飛了出去，化作粉色光點回到體內。

她躺在地上喘氣，完全不明白發生什麼事情，比起雙腳因為持續性奔跑而酸痛，身體十分疲憊，體內星能量消耗殆盡，眼前視野也搖搖晃晃的。

「亂七八糟，到底怎麼自學的？還有你耳背嗎？沒聽到我在叫你？」伊維塔高居臨下的俯視，他身上的龍族特徵已消失。

戚冬雨無話可說，確實是自己的不對，她太陷入想要找出弱點的思維了。

「抱歉。」她沒有力氣起身，依然躺在地上答話。

「用點腦子好嗎？攻擊前要找到對方弱點，找不到弱點就要靠速度，但你這兩樣都不行。」

戚冬雨覺得很煩，她已經道歉了，還想怎樣？她現在不說話，他可以一直罵罵罵，伊維塔向來沉默寡言，是太久沒講話，趁現在罵個痛快嗎？

「我這次是測試你的身手。你這樣怎麼跟我一起打遊戲？」

是是是，她就爛。她也很想跟他打遊戲，明知道跟他程度差距很大，她也不勉強，與他一起打遊戲是放在心裡的目標，默默努力實現。

在怎麼說，一開始她有拒絕了啊！

脾氣一上來，她終究忍無可忍，大聲吼道：「我是不如你，但有必要開口閉口都是貶低人的話嗎？知不知道這會打擊我的士氣，我知道我在你們這組是拖油瓶，我天分不好，我很努力了！你能不能像羅恩他們鼓勵我，支持我？」

話落，戚冬雨難忍失控的情緒，甚至不管會不會有什麼後果，連續罵了兩聲：「討厭、討厭鬼！」

這一刻安靜下來，靜得只剩下她刻意壓抑的抽噎聲。

伊維塔臉色鐵青，胸口隨著呼吸起起伏伏，他突然不知道說什麼，繼續罵太過分，不罵又太放縱，他生來就是強者，從來沒有打輸過誰，練習沒有處處碰壁，在學期間更沒有人敢欺負自己，所以他不明白從零開始的滋味是多麼辛苦。

最後，她在啜泣，逞強自己，沒有嚎啕大哭。

他忽然感到自己很惡劣。

可是戚冬雨的程度，如果不突破，只會被人欺負，即便戚冬雨是他們的一員，可是他們無法時時刻刻去保護。

伊維塔決定先離開，或許讓戚冬雨真正哭出來，會比他在這邊來得自在。

他揮開虛擬視窗，設入指令關掉模擬空間。

畫面回到遊戲艙內，戚冬雨靜靜、垂著頭坐著，聽見隔壁傳來開艙和腳步聲，她推開蓋子，剛好捕捉到伊維塔離開訓練場的背影。

「你就這樣走了？」戚冬雨感到不可置信，連聲道別的話也沒有，和她獨處令他很難堪嗎？

戚冬雨垂頭喪氣地坐在座椅上，花些時間平靜情緒，一邊嘆氣、一邊喊著口號，一邊自言自語。這些話讓沒有遠去的伊維塔感到尷尬，走也不是，留也不是，其中一句話更讓他心跳加速，一時間不知道怎麼辦才好。

「我喜歡和你在虛度空間一起合作、一起對抗敵人，可是我越急著想做好，越做不好。」

伊維塔控制自己的呼吸，宛如影子般依靠在遊戲艙死角的位置，按照戚冬雨傻不隆咚的腦袋，絕對不會發現自己的存在。

說真的，和羅恩他們當好友這麼久，也不曾聽見他們說些感性的話，戚冬雨有病嗎？是男生就該像男生的樣子，沒事攪亂別人的心湖做什麼！

早知道不要心軟留下來，竟然會無預警聽到這句話，還讓他異常心跳加速，他對一個男生心跳加速是瘋了嗎?!

儘管戚冬雨學習力慢，伊維塔承認一件事情，在虛度空間一起闖關的日子很美好。

戚冬雨是位很認真、奮發向上的夥伴，值得耐心指導，今天這件事情，是他自己的問題……想著，他剛抬起腿，竟沒有勇氣跨出一步。

男孩子哭泣不太想讓別人看見吧？何況戚冬雨的自尊很強，先冷靜比較好。

於是伊維塔放輕腳步，無聲無息地離開訓練場。

第八章　承認喜歡男生不是罪過

經過幾天，戚冬雨沒有和伊維塔講到半句話，原因是伊維塔家裡臨時有事，這些天不會來上課。既然沒有碰面，免於尷尬，她索性趁這時候充實自己，除了下課後勤跑訓練場，她更去圖書館找書來看。

這天下午沒課，戚冬雨窩在自習室的窗邊位置，一邊感受陽光的和煦，一邊懶洋洋看書。

「龍族的敏感地帶？」羅恩的嗓音自頭頂響起，戚冬雨嚇了一跳，連忙闔上書籍。

「你不要站在我後面。」她瞪了一眼，拿起筆記本蓋在龍族記事錄書上。

「你心虛才被嚇到，呵呵。」羅恩瞅著她古怪的行為，「你在看什麼？為什麼研究龍族？」

「我來猜猜喔！」一隻健碩的胳膊忽然出現，搶走戚冬雨壓在筆記本下的書籍。

「阿冥，快還我！」戚冬雨急著跳腳，這間學校只有雷迪家族的伊維塔是龍族，白癡看書名也知道她在研究龍族，尤其這群人是八卦王，上次還說她喜歡男生。

「你說，我就還你。」塞西冥將書藏在交疊的臂彎，利用自己傲人的肌肉阻止戚冬雨奪回。像她這種弱雞，要搶贏他們真困難，再者他們沒有惡意，她不想對他們拳打相向。

「我好奇哈貝爾種族的背景。」戚冬雨沒有說謊，但是隱瞞一些目的。接著，她轉移話題，「柯爾沒跟你們在一起嗎？」

「沒有，他回宿舍睡覺了。欸欸欸，小雨，岔開話題不好哦！」羅恩才不吃這套呢。

「說吧，我就坐在這邊等你說。」塞西冥一屁股坐下，雄厚的大嗓門立刻引起周圍的學生注意。

戚冬雨尷尬地瞧了四周，其他人厭惡的目光已經瞅過來了，這兩人是惡霸啊！光天化日之下欺負無辜美少女，唉，是美少男。

不得以，戚冬雨被他們趕鴨子上架，「好啦，我說。你們小聲一點！」

羅恩和塞西冥互相擊掌，笑了一下。

唉，又被他們欺負了。戚冬雨無奈地嘆了口氣。「我看這類型的書是因為我想要知道龍族的弱點。」見兩人露出狐疑的表情，她接續說：「伊維塔有和我一起打遊戲，但是我被他打得沒有還手的餘地，很慘……」

「原來如此，你們什麼時候偷偷來的？唉唷，不簡單哦！伊維很少跟我們打遊戲。」羅恩調皮地眨了眨眼，故意酸溜溜地說。

「我們正大光明！」戚冬雨必須糾正羅恩亂七八糟的話，講得他們在偷情似的。

「好好好，正大光明。」羅恩有些敷衍地說。

唉，不信就算了。戚冬雨沒指望他們聽進去。

「都只對你好啦。」塞西冥吃味的說。

喂喂，你們兩個一搭一唱是？戚冬雨趁塞西冥沒注意，迅速奪回自己的筆記本，抱在懷裡藏著。

「龍族的弱點……」羅恩摸著下巴沉思，接著打個響指，在另外兩人措手不及的情況下，將塞西冥往椅子上按，伸出鹹豬手揉捏臀部。

「靠！你他媽的捏我屁股做啥?!有病啊！」塞西冥因為羅恩的舉動嚇了一跳，驚惶失措的大吼大叫，氣到臉紅脖子粗，髒話飆出口。

「放開我！」

「啊！你摸哪？」

「不要！」

這個畫面不忍直視……有夠糟糕的，兩個大男人在圖書館有點色情的行為，而且她感覺到殺人的目光。戚冬雨悄悄左右張望，果不其然，大家都在瞪人，礙於羅恩和塞西冥兩位的家族顯赫，沒有人膽敢出聲阻止。

「停停停。」戚冬雨看不下去，趕緊扒開兩人，「小聲點，跟我出去。」她拉住羅恩往外拖，基本上只要拉住一人，另一個人會跟著出去。

「站住！」塞西冥果然如她所料，氣急敗壞追了出去。

離開圖書館，戚冬雨在大門外鬆開手，

「這裡是圖書館，你們太吵了。」

「衣服都被你拉皺了。」羅恩有些怨懟。他轉身面向光可鑑人的自動門，著手整理髮型。

衝過來的塞西冥立刻擒住羅恩的脖子，然後往下壓制在地，羅恩好不容易整理好的髮型又被弄得亂七八糟，「他媽的，你做啥摸我屁股?!」

「誒誒誒！我的頭髮啦，你這個暴力男！」羅恩手向後一伸，竟然能準確抓住塞西冥的犬尾巴。戚冬雨見羅恩游刃有餘的模樣，貌似這種行為已經做過很多次了。

「啊！」塞西冥發出奇怪的呻吟，然後整個人癱軟無力，倒在地上。

自由的羅恩拍拍手，緩慢起身，「終於摸到你的興奮點了，呵呵呵。」

一旁的戚冬雨目瞪口呆，怎麼感覺怪怪的，這聲音好……酥骨。

「小雨，看到了吧，我猜龍族的弱點應該是這部位，下次和伊維打遊戲時，記得抓這個位置，包準讓伊維塔臣服於你！」羅恩抓住塞西冥的尾巴，塞到戚冬雨手裡，耐心指導。

「好好好，我知道了。」

塞西冥的尾巴就如同男生的敏感部位，是個燙手山芋，戚冬雨急忙忙又把尾巴推出去，這她哪好意思握，而且就算知道這個，她也不敢在太歲頭頂作怪，算了吧，她還是再找其他方法。

「阿冥，你沒事吧。」戚冬雨蹲在塞西冥旁邊，不知道該如何幫他。她可以看見塞西冥整張臉爆紅，眼睛竄出怒火的火焰。

羅恩老神在在地說，一邊整理頭髮，「他沒事啦，常被我這樣玩。」

玩？戚冬雨臉綠了，這些貴族的嗜好真的很奇葩！

「我要繼續看書了。」

戚冬雨正準備轉身進圖書館，就聽見羅恩喊道：「嗨，伊維，你回來啦？」

她沒料到會在這時候看見伊維塔。在羅恩打聲招呼時，她也端起笑顏，向伊維塔揮揮手。不料伊維塔只對羅恩點頭，腳步稍稍一頓，眼睛直接略過戚冬雨，然後說：「阿冥怎麼了？你們在幹嘛？」

「啊，是這樣的，小雨她在——唉唷！」羅恩語未竟，腳尖突被戚冬雨狠踩，聰明的羅恩立刻知道戚冬雨的用意。

忍著腳趾的痛楚，羅恩輕描淡寫的說：「互相鬧鬧啦，我太久沒有玩阿冥的尾巴。」

伊維塔表情無動於衷，眼睛掃過戚冬雨垂著腦袋瓜的模樣，明顯在隱瞞些什麼。伊維塔心裡不是滋味。

「我送他回去。」伊維塔彎下腰，單手扛起虛軟無力的塞西冥。

「羅恩，你給我記住，我一定要拔斷你的牙！」塞西冥對著羅恩齜牙咧嘴。

伊維塔扶著塞西冥搭乘圖書館飛行車離開。羅恩一手搭著戚冬雨的肩膀說：「小雨，這段時間我會四處在學校溜搭，如果有龍族的問題，你在直接傳訊息給我，我們約個四下無人的地方。」

「四下無人？不要吧。」愛玩還會怕喔，戚冬雨快笑死，而且她不想被羅恩玩，孤男寡女能有什麼好事。

「就這樣說定了。」羅恩也不管她的意思，拍拍肩膀，展翅離開。

望著羅恩離去的天空，一件事情疙瘩在戚冬雨的心裡。剛才伊維塔非常明顯故意忽略自己，過了幾天，他還在生氣？

想了想，戚冬雨決定回宿舍去找伊維塔，當面說清楚，儘管她很不喜歡他那張毒舌嘴，但是伊維塔沒有說錯，她現在的程度確實爛。

現在她已經練到厚臉皮的階段嗎？面對他的毒舌，她竟然可以花幾天就忘記滿腔怒火。其實她沒有忘記，只不過現在她沒有資格生悶氣，有資源就大方索取，既然他拐彎抹角測試自己的實力，不如順勢抓住這個機會，從他身上吸取知識。

戚冬雨在宿舍找不到伊維塔，剛好遇見從塞西冥房間出來的柯爾，原來是伊維塔攙著塞西冥回房，恰好遇見起床的柯爾，伊維塔將塞西冥扶上床後，臨時接到通知，教職員室班導找他，於是伊維塔將塞西冥交給柯爾照顧，自己去了教職員室。

但當戚冬雨來教職員室找伊維塔，班導交代他幾件事情，人已去訓練場。

戚冬雨搭著飛行車從圖書館回到宿舍，從宿舍來到教職員室，又從教職員室來到訓練場，找個人一波三折。

戚冬雨走進靜悄悄的訓練場，一度懷疑伊維塔八成離開這裡，不知道去哪裡了，有可能幫班導處理完事情，回教職員室。

一樓遊戲艙沒有半個人，她往二樓走，靠近控制中心時，發現門是半關的。她探頭進去，慢慢推開門，機器仍在運作，

按理說，遊戲艙沒有人使用，控制中心的機器不會運轉，這是很浪費電的一種行為，而且在這裡輪班的學長姊去哪裡了？

砰咚。手機忽然從口袋裡掉出來，剛好卡在桌子底下。

戚冬雨彎下腰，半個身子爬進去摸索。

噠噠噠。門口的足音忽地響起，戚冬雨突然嚇了一跳，本能的支起上半身，腦袋瓜狠狠一撞，砰的一聲，下一秒，她聽見那人喊道，伴隨急促的步伐。

「是誰？出來！」

她該不會被誤認為是小偷了？戚冬雨一呆，來不及反應，腰間被一股力量拖出去，用力重摔在地面。

「哇啊！痛痛痛！我不是小偷、不是不是！」戚冬雨閉著眼睛，兩隻手慌慌張張地亂揮。

「你在這裡做什麼？」頭頂傳來冷冷的嗓音，她覺得這聲音很耳熟，睜開眼睛看著來人，濃眉之下的紅色眼睛正不悅地瞪著自己，還有一對顯眼的龍角正充滿爆發力向著自己。

呃，他是來真的，都變身了！

「我、我、我不是小偷，不是不是，我是說，我來找你。」她被嚇到了，語無倫次。

伊維塔捻熄指尖的星能量，向後退了一步，「起來。」

戚冬雨嘗試起身，可是腰椎瞬間有些麻疼，一時之間起不來。

那張五官糾結在一起的表情落入伊維塔眼底，他嘆了口氣，臉上露出懊惱的神情，蹲在她身邊，伸出兩手將她慢慢的扶起。

「你也太脆弱……」伊維塔小聲嘀咕。

呵，不好意思喔，她就是脆弱，上次被你欺負得還不夠嗎？

「找我做什麼？」他依然蹲在她面前，紅色眼睛直勾勾瞧著戚冬雨，這小子眼睛骨溜溜的轉呀轉，一副嫌棄的樣子，肯定在心裡罵著他千萬遍。

「就是——」戚冬雨揚起眼簾，一對上他的眼睛，滑到舌尖的話又滑回肚子。他倆之間近得能感覺到互相的鼻息，她忍不住臉紅、心跳加快，緊張得頻頻嚥口水。

「我要跟你道歉啦，那天在訓練場，我的態度很差勁，你說的沒錯，我真的要更努力。」因為緊張，她近乎氣不喘的說完全部的話，沒有給伊維塔打岔的機會。

戚冬雨的眼睛很漂亮，紫羅蘭的顏色十分魅惑，搭配她半覺醒的生命領主特徵，烏黑的頭髮夾雜淡粉色髮絲，整體乾乾淨淨，有股渾然生成的活潑氣質，他一直都知道，只不過以前沒有這樣近距離接觸。

戚冬雨是屬於可愛軟萌型的男生，眉眼沒有任何殺傷力，或許正因為這樣，沒有他們的庇護，很容易被人找碴，尤其在落淚的時候，更添柔弱，讓他想扳起臉孔生氣都很困難。

伊維塔垂下目光，思緒有點恍惚，忽然聽見戚冬雨大吼：「所以請更用力鞭策我吧！」

「……」他目瞪口呆，怎覺得她用詞好像錯了？他又不是拿著鞭子的虐待狂，不要給他亂設定！

「我不會鞭策。」上次是他太粗魯，明知道戚冬雨實力不足，還這樣對待。

「拜託、拜託。」戚冬雨哀求地說，兩手扣住伊維塔的胳膊。

看不出來戚冬雨這回是M個澈底了。伊維塔臉色僵硬，胳膊的觸感彷彿是浮萍中的依靠，他忽然有種念想，戚冬雨把他當成依靠，不過總覺得怪怪的，說的好像是吵架的情侶挽留對方！

「裡面有聲音耶，是誰進去了？」

「你剛才出去門沒鎖嗎？」

「我有點忘記了。」

「這種事情你也能忘，當心被老師發現罵你！」

門外走廊傳來學生的交談聲，以及逐漸漸進的足音，伊維塔本能的將戚冬雨推進桌子底下，這張桌子沒有正面面向機器。

把人推進去後，伊維塔才意識到幹嘛要躲起來？兩個男生待在控制中心又不會讓人誤會，他做什麼心虛……但是現在現身的時機太晚了，兩個學長已走進裡面，聊著該把機器電源關掉。

「唔。」壓在身下的人發出微小的聲音。

伊維塔迅雷不急掩耳的速度掩住下身人的嘴，轉頭瞪視一眼，卻發現戚冬雨皺著眉頭，很不舒服的樣子，他深鎖的眉頭不禁軟化需多，指尖放在嘴上示意。

戚冬雨緩慢點頭，注視著伊維塔警戒的側顏，這距離也太近了吧，一個在上，一個在下，她都看見衣襟下的鎖骨了。

好難為情，戚冬雨眼珠轉呀轉，避免自己去看不該看的地方。

「什麼聲音？你有聽到嗎？」其中一個學生說道。

「啥？」

「我剛好像聽見有奇怪的聲音。」

伊維塔瞬間繃緊肌肉，戚冬雨也因為那兩人的對話，冷汗直流。真夭壽！兩個男生窩在桌子底下，上下姿勢不被人誤會才怪。

幸好他的胳膊撐著地板，胸膛沒有貼著她的胸部，以防萬一，她還是盡力盡力再盡力，看能不能往後縮，好像到底了，完全無法後退。

伊維塔察覺身下的人稍稍動了動，又一記殺人的目光瞪來。

「沒聽到啦。欸，快點關啦，不是跟其他人約好要去吃飯嗎？」

「啊啊，好啦，我先關機。」

機器運轉聲漸漸停止，燈光也陸續暗下，可是兩位學生依然在聊天。

這兩人到底為什麼還不走啦！戚冬雨好想衝出去怒吼。伊維塔渾身不舒服，手肘的痠麻和膝蓋的僵硬讓他稍微輕輕動了一下。

他他他他、他的大腿竟然貼著她的腿！戚冬雨整個人像塊木頭，咬著嘴唇，心裡不停咆嘯。

伊維塔露出懊惱的神情，他不是故意的，實在是桌子底下不能塞兩個人。

燈光瞬間消失，視野轉瞬黑暗，門板叩的一聲闔上。

伊維塔立刻鑽出桌下，坐在地上伸展四肢。

「唔……痛死了。」戚冬雨依然躺在桌下，原因是剛才被推進去時，腰椎磕撞地板，差點被兩個學生發現。

伊維塔將戚冬雨慢慢拉出來，「還好嗎？」

「我們又沒怎樣，幹嘛躲起來？你不怕被人發現誤會嗎？」戚冬雨小心翼翼坐起身。

伊維塔被問得啞口無言，他不知道自己幹嘛做這種蠢事，現在被戚冬雨說得好像在偷情，誰要跟男生偷情，名聲都臭了。

伊維塔默不作聲，雙手撐地，正要起身，卻被戚冬雨拽住胳膊。

「你的答案是什麼？」

伊維塔歪頭應答，「什麼？」

「言歸正傳啊。」戚冬雨訝異他居然忘得這麼快，「我把該說的都說了，你想要怎樣測試我都沒關係，我想從你這裡學技巧。我都跟你道歉了，你就不要生氣了。」她的語調自然而然帶著撒嬌的氛圍。

「我哪有生氣。」伊維塔才想問哪雙眼睛看到他生氣了？

「真的？」戚冬雨變臉比翻書還快，唇角洋溢喜悅的笑容，「這麼說，你還會教我？」

伊維塔不禁看傻眼，腦海裡浮現虛度空間裡，戚冬雨穿著女裝的畫面，粉色髮絲隨風飄揚，漫步在古色古香的迴廊，天真可愛的笑容悄悄牽動心湖。

「會繼續教我嗎？是的話就打勾囉！」沒等到伊維塔回覆的戚冬雨擅自勾住他的小拇指，雙瞳直勾勾仰望紅色眼眸深處。

回神的伊維塔臉色緋紅，害臊低應聲，「……嗯。」他慌張起身，眼睛看向別處，一直撥弄自己的黑髮。

臉上的羞澀並沒有因為允諾而消失，反而紅得更清晰。

戚冬雨愕然瞪大眼，眼睛沒殘吧？她是不是又產生幻覺？伊維塔居然臉紅了！

嘩啦一聲，辦公桌邊突來的聲響驚動兩人，接著一盞日光燈一亮。戚冬雨和伊維塔凝眸望向花瓶掉落之處，一抹藍色身影佇立在側，長髮飛揚，身影逐漸清晰。

「妳怎麼來了？」

梳成公主頭的藍髮少女穿著一身奢華的白色禮服，上面用淺紫色蕾絲和寶藍色寶石點綴，面容笑得優雅溫和。

戚冬雨從沒看過這麼漂亮、像洋娃娃般的女孩，粉雕玉琢的臉龐與白瓷般的肌膚是女性夢寐以求的外貌。

「打擾了嗎？」藍髮女孩兩手提起裙子，微微向伊維塔行禮。

「咳，沒有。」聽見藍髮女孩這麼問道的伊維塔尷尬回應，這種詢問方式，分明有聽見他和戚冬雨的對話。

藍髮女孩目光轉向佇立在一旁，看自己看到呆懵的戚冬雨，「好久不見。」

好久不見？戚冬雨摸不著頭緒，以前沒有見過這位漂亮的藍髮少女吧！

伊維塔見戚冬雨不曉得藍髮女孩是誰，顯然赫威家族沒有灌輸這個觀念。他主動介紹：「她是愛莉佩絲，哈貝爾星球的中樞母腦。」

中樞母腦、中樞母腦、中樞母腦……啊啊啊天哪！戚冬雨憶起在課本上看到的內容：中樞母腦是控制哈貝爾星球的脈絡網路，類似人工智慧，雖然能擬人化，但依舊是虛擬，非真正的哈貝爾星人，無法生兒育女。

愛莉佩絲無視戚冬雨驚訝的模樣，逕自入坐沙發。

「妳今天來有什麼事情嗎？」伊維塔想過很多理由，譬如來報告戚家妹妹的下落，如果有消息，相信戚冬雨會很高興。訓練營活動後，也知道戚冬雨想找到妹妹。

愛莉佩絲笑著搖頭，「沒事，無聊來晃晃。」她抬起手，掌心向著天花板上的日光燈，一抹淺藍色光芒從燈管飄出來，猶如螢火蟲般繚繞手掌。

「妳餓了應該回總部，那邊比較多電力能供妳食用。」伊維塔就事論事地說，嘴巴上雖有意思想趕人走，卻主動打開所有電燈，讓愛莉佩絲吸收電力。

背對伊維塔的愛莉佩絲舉起的手驀地一顫，金色鳳眼掠過一抹哀傷，旋即閉上雙眼，遮住難看的眼色，不讓室內另外一人看見。

「所以我說無聊才晃來這裡呀，嘴饞罷了。」

「最近父親還好嗎？」儘管有時候會跟父親通話，可伊維塔和父親的聊天內容僅限於是否和西娜亞相處愉快。

「加穆殿下出國了，要和斯格瑞星球的軍火商談判，暫時一個月不會回來。」

伊維塔低聲嘖了聲，顯然不意外父親又出國了。父親每次出國時，從不會向自己告知要去哪，總是事後才說。

戚冬雨凝視伊維塔突然變得黯然的神色，明明是失望的表情，可他包裝得很好，懂得用笑容掩飾。

愛莉佩絲呵呵笑道，對雷迪家族的殿下不在感到高興，「殿下不在，我終於輕鬆一點，可以四處遊玩，不對吶，我還要巡視星球各大光軌、節點、傳送陣是否穩定。」

她很快哀愁的說，摟住伊維塔的臂膀，撒嬌道：「伊維少爺，加穆殿下不在的期間，就是你負責監控我，能不能稍微睜一隻眼閉一隻眼？」

伊維塔似乎對愛莉佩絲親密的舉動習慣，並沒有掙脫，可也沒有馬上回覆她。

「拜託嘛～」愛莉佩絲噘著嘴唇懇求，臉頰貼上他的手臂。似乎察覺到戚冬雨正在關注自己，臉微偏，朝戚冬雨看去——

原本嬌笑可愛的眼神頓時暗了幾分，雖然唇角的弧度仍上揚，可是眼底不見一絲笑意。

那抹假笑在戚冬雨眼裡就像「驕傲的挑釁」、「宣示所有物」，令人渾身不對勁。

伊維塔淡淡淺笑，假裝要口渴想要喝水，不著痕跡甩掉愛莉佩絲，走向飲水機。

「該做的事情要做，我不管妳想做什麼。」他拿著紙杯裝水，邊說著。

「好哇～伊維少爺人最好了！」

戚冬雨默默站在一旁，對於兩人的談話完全插不上一句，聽兩人的對談很熟稔，就像朋友之間的相處。

不知怎的，看見伊維塔和愛莉佩絲有說有笑，戚冬雨胸口不太舒服，剛才有一段時間室內沒有冷氣。

戚冬雨扯了扯領子，出聲打岔，「呃、我想到我還有事情，先走了。」說罷，禮貌性地向兩人說再見離開。

伊維塔叫住已經跨出門外一腳的戚冬雨，「今晚在訓練場等我。」

聽見這話，戚冬雨方才累積在胸口的鬱悶一掃而空。她揚起笑容允諾，轉身瞬間，背脊感受到一股陰冷的視線。

自從體內的星能量以緩慢速度開發後，她變得十分敏感與銳利，關上門前，她透過縫隙悄悄投去一眼，只見坐在沙發的兩人聊得很開心。

「是我多心了嗎？」她垂首喃喃自語，關上控制中心的門。

在戚冬雨離開後，伊維塔盯著面帶微笑的少女，「愛莉佩絲，我去虛度空間測驗時妳忙了什麼？還是偷偷在父親眼皮子底下去哪玩？」

「呵呵，陪加穆殿下巡視生化武器研發和兵器軍團的訓練，挑出一些能力好的機械人進入雷迪家族的禁衛軍、和其他三大家族的殿下一起用餐，其他時間是我的休眠時間，怎麼了嗎？」

「生活很豐富，感覺妳比我像雷迪家的少爺，不對，是大小姐。」他開玩笑揶揄。

愛莉佩絲遙望窗外景色，「因為從我有記憶起，只懂得和電腦相處，難得雷迪家族創造出我，我想多看看這世界呀。」

中樞母腦覺醒人的思維時，伊維塔還沒出生，聽父親說，中樞母腦每次重啟就會重新運作，性別也會變得不一樣，愛莉佩絲算是看著他長大的，好比親人的存在。

「我先回宿舍了。」伊維塔邊說起身。愛莉佩絲喊住他：「等等，你的衣領歪了。」

愛莉佩絲站在伊維塔身前，重新調整好衣襟，從她臉上幸福的笑容，很樂意做這件事情，可是她並沒有注意到伊維塔深沉複雜的眼神。

「好了，那麼我先走啦！」

在愛莉佩絲整頓好之際，紅色眼眸中的異樣光芒頓時消散，伊維塔換上和往常一樣的態度。

伊維塔揮了揮手作為再見，親眼看著愛莉佩絲的身軀化為藍色光點，滲入浮現在地面的水晶線路。

愛莉佩絲凡經過之地，水晶透明的線路便會浮現地板，只要愛莉佩絲離開，這些線路也會跟著消失。

伊維塔關上電燈，離開控制中心，回去宿舍的路上，恢復一貫的冷漠與疏離姿態，然而這一次眉頭是深鎖的。

愛莉佩絲是中樞母腦，網路世界屬於她的天下，即便是虛度空間也能隨意進出。訓練營活動的系統的主要神經便是連接中樞母腦。

那天在虛度空間的澡堂，明明就看見藍色光芒，即便只有一瞬間，他還是捕捉到了。

——愛莉佩絲在說謊嗎？

※※※

接受伊維塔親自指導的訓練很順利，一開始只有伊維塔和她兩人一對一的訓練，不知何時開始，羅恩等人跑來參一腳。起先，羅恩會用揶揄的眼神嘲笑伊維塔，畢竟伊維塔以前很討厭戚冬雨，現在居然「親自」指導，根本是口是心非。

再來還有一點，羅恩和塞西冥兩人動不動就使眼色、製造機會，要她去抓住伊維塔的龍尾，這樣眉來眼去的小動作多少次被伊維塔發現。

羅恩和塞西冥總有藉口讓伊維塔不會過問，畢竟這讓伊維塔知道，或許不再指導戚冬雨。

因此，伊維塔覺得有點煩，不少次看見他們眉來眼去，看得他心頭莫名堵塞，進而意識到一件事情，隨著相處愈深，很多偏見不復在，何時漸漸改變對戚冬雨的印象，老實說摸不清所以然來？

有時候比較晚來訓練場，看見有女學生向戚冬雨告白，他心裡不適滋味。當天的訓練語氣也會變得比往常還嚴厲，或是戚冬雨的護具壞掉後，他親自跑一趟專賣店選購一個品質較好的護具，總而言之，與戚冬雨的相處，隨著時間推移，愈來愈放在心上。

「這個是？」戚冬雨看著伊維塔遞出的物品，沒有接過。

「你的護具不是壞了嗎？拿去。」伊維塔強硬的塞到她手裡。

「你買來送我的嗎？謝謝你！」

她受寵若驚的緊緊抱在懷裡，揚起喜不自勝的笑容，伊維塔瞄向她，不禁紅了臉，侷促反駁：「才、才不是！這是以前買的，後來換了新的就沒用……咳。」他才不會承認特地去買的。

從訓練場入口步入的羅恩笑得很曖昧，「唉唷，我昨天、前天、大前天還看誰半夜不睡坐在交誼廳上網查專賣店呀！我們也很認真一起打耶，怎麼沒有送個護具表示一下？」

「你們今天不是有聯誼活動？」伊維塔眼角抽動，用「哪壺不開提哪壺」的警告眼神給羅恩，最好馬上閉嘴。

「那是十分鐘後的事情囉。」羅恩壓根不怕伊維塔如X光的視線，逕自繞過他，來到戚冬雨身畔，奪過她手裡的護具，彎下身替她換上新的護具。

「誒，我可以自己來啦……」戚冬雨作勢向後退，旋即佇立在身後的羅珞堵住去路，那兩隻大手還搭上她的肩膀。

戚冬雨倏地回頭，對方那尖銳的獠牙闖入視野，她身子驀地一抖，這孩子肚子餓別亂咬人啊！

「冬雨，明天一起打古堡殭屍。」羅珞用著哀怨的眼神直勾勾盯住戚冬雨，今天被哥哥抓去充人數聯誼很不開心。

「好、好……」戚冬雨神色緊張盯住那對獠牙，深怕他控制不了咬她脖子。

「羅恩，我們快走啦，還剩下五分鐘到現場！」現在對於塞西冥而言，聯誼是首選，才不想浪費時間在這聊有的沒的。

戚冬雨還未加入小組前，不論任何事情、活動，伊維塔一直以來是夥伴們的中心點，現在他倒像被晾在一邊吹冷風。比起被晾在一邊，伊維塔心裡升起一股未知的火，紅色眼眸冷冷的注視雙胞胎兄弟的行為。

「快滾去聯誼。」他走上前拉住戚冬雨，用力扯到身邊。

「我今天不去了！」柯爾不知道是打哪來的勇氣，脫離鐵三角，跑到戚冬雨身邊，「冬雨，我今天陪你練習，我不去聯誼！」

手機鈴聲響起，伊維塔看見來電名稱，立刻往左拐去訓練場旁邊的涼亭。

「哎哎哎，這可不行唷，你是模特兒女孩們的夢中情人，必須出席。」這次聯誼會的女生幾乎都是高個兒，多半衝著愛慕柯爾身高來的，沒辦法，那些女孩就是想見見柯爾。

羅恩使個眼色給塞西冥，雙雙架住柯爾。

「我們能否把妹成功，就看小蘋果你了，如果你敢拒絕，老子的拳頭可能就失控了！」塞西冥掄起拳頭恫嚇。

「乖乖，沒事的，有我們在，你不會被那些女生撲倒！」羅恩在一旁安撫道。

哥哥怎麼做，身為弟弟的羅珞有樣學樣，「我會替你報仇，吸乾他們的血！」

「羅珞，咬女生不浪漫啦，咬男生才浪漫。」

一夥人邊走邊胡說八道離開訓練場，然而柯爾緊緊抓住戚冬雨不放，連帶她也被拉出去。

直到聯誼時間迫在眉睫，柯爾心不甘情不願鬆手。羅恩和羅珞張開雪白羽翼，各帶著塞西冥和柯爾飛去聯誼場所。

戚冬雨目送他們離去，臉上的笑容直到他們離開時仍存在。

儘管日子和以前不同，不知道未來還會遭遇到何種困難，但她知道自己並不孤單，有一群很搞笑的朋友陪伴。

夜晚的訓練場周邊很安靜，戚冬雨沿路散步回訓練場，抵達門口時，她正巧聽見伊維塔破口大罵的聲音。

「上次你說過，只要我答應和西西娜亞相親，你就不會再要求我再相親！我真的很厭惡相親。」

「那就要問你，是你冷落西西娜亞，否則對方也不會跑來向我提，沒打算繼續更進一步的交流！」

「父親，你忘了你當初說什麼嗎？只要我和西西娜亞相親，可沒說要我和她培養感情。」

「你……這個孩子！現在是忤逆我嗎?!」伊維塔這招精明的話語，讓加穆氣得火冒三丈。

戚冬雨覺得不該再聽下去，畢竟是人家的家務事，雙腳卻不由自主地移動，屏氣凝神，站在轉角後的牆壁，從涼亭的方向，他看不見她。

「我這不是忤逆，我只是把父親的話論述一次。」

「我是為了你好。」

「我明白……因為現今繁衍困難、女性稀少，可是我真的不想和不喜歡的女生相親。父親，這次你要我相親的對象，是能擴大雷迪家族的勢力吧，我……」伊維塔低沉的聲音飽含壓抑的哀求與不願面對現實的痛苦。

話還沒說完，加穆口氣直硬打斷，比伊維塔先行一步掛掉視頻。

「我要忙了，先這樣吧。」

談話結束的很倉促。畢竟是偷聽的，戚冬雨頓時慌了手腳，轉身快步離開，忘記調整鞋子落地的聲響，被伊維塔發現。

「誰?!」他眯起眼睛，一瞬間循著足音來到面前，如鬼魅般的移動速度，讓做虧心事的戚冬雨嚇得驚聲尖叫。

「哇啊啊啊啊！」她的嘴巴張得能吞下一顆雞蛋，模樣煞是好笑，伊維塔卻笑不出來。

「是你！」乍見偷聽之人的容貌，他大吃一驚。

戚冬雨沒等對方開罵，劈哩啪啦先道歉，忐忑不安縮著雙肩。「我不是故意偷聽的，是你講話太大聲。」

伊維塔鐵青臉色，從沒想過自己的家務事會被別人聽見，而且還是他一直以來很討厭的人。儘管現在不太討厭，可對他來說，和父親爭吵的事情，十分難堪，不想讓任何人知道。

他掄起拳頭，頻頻深呼吸，壓抑胸口的怒火，正要開口飆罵時，身前的戚冬雨怯怯抓住袖子，垂眸低聲說了句：「對不起，我會把這件事情忘記，永遠不再提起。」

伊維塔張口啞然，怔怔直視戚冬雨，不知為何，她扯住他袖子的瞬間，胸口那把怒火彷彿被水澆熄，有種他並不是一個人，不感到孤單。

戚冬雨自知做錯，也沒勇氣抬頭看伊維塔，說完話便越過他。

「喂，笨蛋。」

戚冬雨聞聲停下足步，兩手手指交叉擰緊，似是很緊張又忐忑，以為伊維塔把人叫住是為了開罵。

隨著年紀增長，伊維塔益發感到疲憊，以前還小，父親不會催促他相親、尋找有利於家族的對象聯姻，可是當到了繁衍問題日趨嚴重，家族內部各方勢力開始想盡辦法讓媳婦生出後代，父親焦急萬分，就怕讓先誕下後代的其他族人捷足先登，登上家族的掌權者。

叫住人卻不發一語，戚冬雨本想質問回去，但他略顯頹喪的背影，少了幾分焰氣、驕傲，像隻受傷的獅子，她到口的話吞回肚子。

「沒事的，與家人間難免會有意見不和，爭吵的時候。」伊維塔現在灰心喪志，戚冬雨看得很清楚，他定是非常在意加穆的話。

繁衍議題對於哈貝爾星球日趨重視，伊維塔身為雷迪首支家族的獨生子，繁衍後代責任非他莫屬，和不同女性一個接一個相親，為的就是娶到能幫助雷迪家族繁衍後代，且能替雷迪家族事業帶來巔峰，想必壓力很大。

「可是面對這個世界，我沒有選擇。」伊維塔沉默良久，終於開口，「世界法則逼你做，你就沒有選擇餘地，這份重責大任，壓得喘不過氣。」

的確如伊維塔所說，環境的變化逼迫做出選擇，即便這個選擇不是自己樂意的，仍然必須做，一定很痛苦。

戚冬雨感同深受伊維塔肩膀背負的重責大任，換個立場思考，幾個月前的她也是被迫面臨選擇，她想要在這世界生存下去，就必須適應世界的法則，如果不想當個只能生孩子、在家當賢妻良母的女性，就要有能力對抗世界。

現在她走在這條不樂意的道路上，起先遇到很多障礙，卻一一克服過來。

今日，回想以前那些痛苦、孤單、辛酸的日子，那些悲傷的感覺從心頭消失。當時的她會想到，未來的她，也就是現在的自己，生活其實很快樂嗎？當然不會，又不是擁有預知未來的能力。

先苦過，未來會覺得是甘甜的。

「可是我很羨慕你，至少你父親是在乎你的，不在乎你就不會在你身上花那麼多心思。」

「他只在乎雷迪家族的未來吧。」說這話的伊維塔不屑低哼聲。

「我認為加穆先生的語氣，焦慮、憤怒，還有一絲無可奈何，否則最後不會倉促掛電話。」她站的位置可以看見虛擬視頻的樣貌，根本就沒有人來找加穆、他的表情卻是垂眸嘆氣，然後結束談話。

「不只偷聽，還偷看。」伊維塔一記冷眼拋去，戚冬雨嘴唇緊抿，背貼牆壁筆直佇立，像個被罰站的小孩。

關於這點，伊維塔和父親談話時自然有看見，可是胸口充斥滿滿的不甘、怨氣，這個細節之處令他刻意忽視。

「也許他在意我，可是我覺得他在意家族更在意我。」這是他從小到大感受到的，十幾年的感受沒有差錯。

「難道你就不在意家族的興衰嗎？」看見伊維塔想反駁，戚冬雨瞇眼，露出一副你別想說謊的眼神，「別跟我說你不在意，如果不在意，你現在在糾結什麼？」

這回，伊維塔換上若有所思的眸光。「以前覺得你很笨、很無知，現在依然覺得你很笨，不懂得看人臉色。」說話同時，眼睛打量戚冬雨那變化極端的臉色，忽然淺淺笑了。

「這些缺點下，突顯出你觀察入微，心思細膩。」他慢條斯理的說。

戚冬雨鎮定自若，雙手托腮遮掩因他笑而發燙的臉頰，小聲嘟囔道：「真是的，話也不一口氣說完。」還笑得那麼帥。

伊維塔對於戚冬雨的反應感到想笑。笑過後，他正色道：「都跟你說幾遍了，以後別管別人私事，小心惹禍上身。父親在不在意我，無所謂，反正父親從以前就那樣，有沒有人在乎我，我無所謂。」

聽著皺眉的戚冬雨脫口而出，「可是我很在乎你……」旋即馬上改口，「我、我的意思是說哪能無所謂，我知道你並不是無所謂，而且如果每個人都只關注自己的事情，那麼這個世界的人心都是灰暗、冷漠無情。」

伊維塔不明白戚冬雨為什麼能看清楚他外表包覆的假象，準確刨開露出心底的真相？有那麼一瞬，他覺得自己很膽小，從蝸牛殼裡被人硬拖出來。

有種被人挖掘出心事的赤裸感覺，令他難堪，忍不住拔高音量，「才剛跟你說完別管別人閒事，你又插手！你腦袋是灌泥漿還是哪根筋沒有接好?!」他不得不用激烈的言詞掩蓋胸口異樣的情緒。

「又兇我……」戚冬雨委屈地噘起嘴，「我只是不想要看到你自欺欺人，我說過的啊，我很在乎你。」

伊維塔毫無預警聽見她坦然真摯的告白，昏暗的夜色成為臉上那抹暗紅最得力的掩飾助手，來不及適應驟然加快的心跳。

戚冬雨沒有察覺自己不小心說溜嘴。她低頭擺弄手指，「我覺得你很幸福了，我的父母親在我四歲時都死了……我和哥，咳咳咳，我和妹妹一起生活到現在，哈哈哈。」她將自己的經歷用笑聲掩蓋惆悵。

「反正沒有父母親不愛自己的小孩，或許加穆先生做出相親的決定是很沉痛的。」她沒有使用「我相信」這類的詞，因為別人的家務事，還是要留給當事人自行認定，把想法說出來就夠了。

伊維塔挺訝異戚冬雨主動提起自己的過去。

眼見伊維塔沒有反駁或想要出聲的跡象，戚冬雨繼續說下去，「現在想那麼多有什麼用呢？或許之後又有很大的轉折，誰也猜不到下一秒會發生什麼事，除非你有預知未來能力啦。」

戚冬雨拍了拍他的肩膀。在仰頭的瞬間，伊維塔這才發現她眼眶泛紅，一定是提到過世的父母親關係。

儘管眼眶紅，她臉上仍面帶微笑，「先苦過，未來會覺得是甘甜的。」

悲傷卻顯得堅強的笑容在心頭綻放，伊維塔呼吸一窒，抬起頭仰望夜空，語氣緩和而輕柔，「我說你，下次不要傻笑，很像白癡。」

「什麼嘛！居然說我像白癡！」戚冬雨氣惱跺腳。

逗趣般的舉動惹得伊維塔唇邊笑容更深，「不要？拉倒，那就是笨蛋、廢柴。」

「喂你！」

伊維塔見戚冬雨氣鼓鼓的雙頰，卻又沒有真正發飆，滿臉笑容邁步朝訓練場走去。「喂什麼，笨蛋還楞著幹嘛？時間很寶貴的，今晚不練習嗎？」

輕輕拋了練習話題，戚冬雨立馬忘記剛才還在爭吵笨蛋、廢柴的話題。

「當然要！」眼見伊維塔越走越快，沒有停下的打算，戚冬雨扯開嗓子大吼，急急忙忙追上去，「哎，等我，走慢一點啦！」

伊維塔向後瞥了眼，稍微加快步調，因為他想趁這段短暫的路程，整理情緒。

儘管她的言論沒有替自己解決問題，可是心中那抹悲傷因她的笑聲逐漸消失。他打從心底笑了出來，緩和緊繃的臉部線條，心豁然開朗。

這麼多年以來，即便是羅恩他們也很少讓他有輕鬆、活過來的感覺，每每面對她時，眼睛始終無法挪開，看見她臉紅、氣得兩腳直跳卻始終不發脾氣，心跳也是日益漸增加快跳動，產生一種陌生的悸動情愫，有種就想這麼和她一起生活，每天聊得天南地北。

喜歡上一個人，每時每刻都要看見對方——念頭劃過腦海，他腳步倏地停下，繃緊全身肌肉。

這是喜歡的感覺……？

第九章　潛藏在時間回收場的叛變

難道他喜歡上威冬雨了？而且還是一個男生！

這幾天伊維塔腦袋裡面只有這麼一句充滿爭議性以及疑問性的問題，茶飯不思、沒有心情上課，任何人講話，他都是等到對方問了第三次後才有回應，甚至和威冬雨單獨在訓練場時，恍神十分嚴重。

百般思量下，伊維塔忽視對威冬雨的感覺，可能是想太多、太累罷了。然而每次只要有威冬雨出現的地方，他的目光忍不住追尋，心跳撲通撲通地跳動。

「伊維，你戀愛了？」觀察許多天的羅恩終於悄聲詢問，好歹多年朋友，一看就知道了。

「你、你胡說八道什麼！」

也許是問對了，伊維塔反射性駁斥，讓羅恩彷彿抓到端睨，笑了笑。

羅恩跳上伊維塔前面的桌子，兩條修長的腿跨在椅背，雙手擱在大腿，「嘛～我開玩笑的，你反應好大，不過你現在很像戀愛呀，對象是誰？」

「柯爾，這題怎麼解？為什麼答案是B？」

這時伊維塔聽見跑去找坐在窗邊的柯爾問考試卷問題的威冬雨。因為下課時間，有些同學不在教室，她拉了張旁邊的椅子，坐在柯爾旁邊。

兩人解題過程，肩並肩的親密依偎。戚冬雨時常有學術問題會詢問柯爾，他的成績是小組裡面最優秀的。

看似同學與同學間的互相幫助，在伊維塔眼裡卻無法當作理所當然，胸口那抹鬱悶感覺宛如發芽的幼苗，勒住他的喉嚨。

他快煩死了，腦袋是不是病了？

每天都會看到這副景象，儘管伊維塔頻頻告訴自己，戚冬雨是男生、男生、男生，可是目光依然追隨不放，一絲一毫的舉手投足影響他的情緒。

「戚冬雨，有女孩子找你唷，哈哈哈！」同班男同學在教室入口呼喊了聲。

「啊來了！」戚冬雨暫時拋下考試卷，跑出教室，和女學生離開。

「又來了，那個笨蛋幹嘛對任何事情那麼上心。」

伊維塔兩道眉隨著時間流逝深深擰起，指尖不耐煩的在桌上敲打，發出咚咚咚急促的聲音，顯得此時此刻情緒非常紊亂。

伊維塔起身，羅恩卻按住他，眼中透出端詳的意味，「放心啦，小雨如果真的交女朋友，那也是自己的本事，別搞得像你暗戀小雨。」

「胡說八道，我是怕戚冬雨又被欺負。」伊維塔厲聲反駁，手掌輕拍桌面，坐回位置。

「被欺負的話，你就出面解決，好好捍衛你的心頭肉。」羅恩笑咧唇，露出兩顆鋒利獠牙，「哈貝爾是個包容極大的星系，同性戀愛沒什麼的！」

「你再胡說八道，我就打斷你牙齒！」伊維塔當然知道羅恩只要露出兩顆牙齒的笑容，就是抱著看戲的心態。

不經意間，伊維塔看見戚冬雨和想告白的女學生站在樓下操場。察覺羅恩正笑意盈盈看著自己，他強迫自己轉開視線，假借上廁所的名義離開。

「我上廁所，勿跟。」

羅恩揮手送走心不在焉的伊維塔，沒忘調侃，「伊維，等等下堂課公布期末考題，晚上小組要開會，腦袋清醒點嘿！」

※※※

哈姆斯學校的期末考採用紙筆測驗和活動測驗，當天下午導師公布考題為尋寶大賽，所有學生非常興奮，聽說這個活動和訓練營活動很類似，不用背書、寫考卷的測驗大家都愛。

當天晚上，戚冬雨和組員們坐在交誼廳討論分組的事情，由於尋寶大賽和訓練營活動賽制不同，必須兩個人一組。

經過幾周的鍛鍊，戚冬雨體內的星能量素質開發很多，比期中考前有大幅進度。抽到和羅恩一組的她更把這次期末測驗當作是檢測這些日子接受伊維塔幫助的檢測方式之一。

校方各別將各系安排不同時間做活動測驗，商貿系、格鬥系、訊息工程系等專科學生先做活動測驗、再做紙筆測驗，一般A等系、一般B等系、一般C等系三系則先做紙筆測驗，隔天再做活動測驗。

測驗當天，崔西亞主任擔任活動總執行人，向一般ABC等系宣布測驗方式和規定，並拿出測驗要尋找的懷錶——一枚書本形狀的懷錶，錶殼呈金色，採用純金子打造，外面加裝書釦，中央是圓弧形狀的時鐘，背面及時鐘外圍繪有珐瑯彩繪，及生命領主的模擬人像。

戚冬雨聽見懷錶用純金打造，不禁咋舌，不怕測驗過程中被偷走許多嗎？不過崔西亞後續的話，證明絕對沒有人敢偷懷錶，除非想被記過和退學。

每個懷錶內部有定位追蹤的功能，只要有人偷了，等著被記過。

「放輕鬆，這個活動比期中考的訓練營好多了，不用進入虛度空間。」看見戚冬雨很緊張，羅恩悄聲在耳邊說。

尋寶活動沒有在哈姆斯廣闊的校園內舉辦，而是在東南方一座巨大古代遺跡進行，這座遺跡傳聞是時間領主曾經存在過的痕跡，被以前的人民一磚一瓦建造，把時間領主當作神明來供奉。

這座遺跡除了時間領主存在過，更重要的是，這裡有巨大老舊工廠——時間回收廠，外牆生鏽斑駁，卻依然不眠不休運轉，不靠中樞母腦給予電力，而是「時間」能量。

時間回收場是這座遺跡最為神秘的境地，至今哈貝爾學者不清楚時間如何轉移到新生命，哈貝爾星人死亡後屍體腐爛，靈魂由生命領主帶領到新生命區，等待重生，而有了靈魂沒有時間，新生命無法誕生，須結合時間領主把亡者的時間回收，經過整理後轉移到新的生命。

「這次活動會很安全的，請大家放心。」崔西亞主任結束前補了一句，「中樞母腦會在這裡監督。」

說罷，崔西亞身後浮現水藍色的光芒，光芒緩緩向草地擴散，攀爬上樹幹，匯聚成一條細長的線路，嬌小美麗的身軀靜靜漂浮在半空中，降落在眾學生面前。

有些學生還是第一次看見中樞母腦天使般的模樣，目瞪口呆地盯著，一輩子能有機會看見，也只有這一次了。

崔西亞一一發給每位參加測驗的學生一副黑色耳環，用途和訓練營一樣，能聯繫同學、定位、查詢目前個人懷錶回收資訊、地理資訊圖片等等。

測驗開始，系統將每組學生分別傳送到不同地帶，免得一開始通通聚在一起。

戚冬雨和羅恩被傳送到距離時間回收場二公里處，周圍是片茂密的森林，看不見半個學生。

抵達現場，戚冬雨立刻著手尋找懷錶。懷錶四散在廣袤的遺跡範圍內，包括時間回收廠，且限時兩小時，如何在現實時間內收集到懷錶是一大考驗。

測驗沒有規定收集多少個，收集越多，名次越前面，越容易合格，分數也越高。

相反羅恩很悠閒，似乎不在意時間的流逝，慢悠悠的找懷錶，甚至還閒聊起來。

「你想不想交女朋友？我看你都拒絕向你告白的女孩呢，是找不到符合你意嗎？還是我替你介紹？」

本在專注地毯式搜索的戚冬雨，聽見羅恩的話，急忙搖頭澄清，「啊？不、不、不用了！」

「為什麼？」羅恩笑咪咪走上前，掬起她頰畔的髮絲，舉動煞是親密。他捏起一片穿插在髮絲裡的葉子，隨手一丟。

戚冬雨怔了怔，陷入思索，沒有注意到自己無意識後退，被羅恩逼到一顆樹前，困在樹與他臂彎之間。

「因為……」她握緊手，揚起臉與他四目相接，「我能就讀這所學校是艾加倫先生幫助我的，我想要在這裡學到更多，變得更強，證明自己的能力。」

那些向自己告白的女學生，她沒有勇氣答應，一來，現在裝扮男生，二來，她沒有強到能讓他們崇拜和迷戀。

隨著和小組成員相處越融洽、感情越來越好，她對隱瞞性別這件事情，愈來愈疲憊，很害怕熟了之後，一個不留神透露出性別，以及面對好友得知真實性別而對她發火或失望。

她不希望他們從自己身上感受到的是背叛。

現在她唯一的選擇，就是通過期末測驗，順利度過四年學校生活，等待有朝一日恢復女兒身。

戚冬雨的答案讓羅恩驚詫，這個學期她的認真，他有看在眼裡，擁有生命領主基因的她，有朝一日可以超越這所學校任何一位強者。

隨著星能力的開發，戚冬雨的自信反而沒有跟著成長。

「是不是因為伊維一直認為你很弱？」羅恩將抵在樹幹的手挪動到她頭頂，輕輕撫摸，「我覺得訓練營活動你很棒呀，但是太沒自信，是你化解阿利斯泰爾的執念，如果不是你勇敢行動，相信那些被搶走耳環的學生絕對無法平安回到現實世界。」

「不，當時多虧有你們，一起分工合作，否則靠我一人是不行的。」戚冬雨認為，她只是湊巧化解阿利斯泰爾的執念。

羅恩輕笑，食指輕敲她的額頭，「你錯了，正因為有你積極的行動，對所有人來說就是大恩人。」

「你很謙虛，沒有因為訓練營後聲名大噪而變得傲慢，依然持續的鍛鍊自己，這樣很好，這點就是你的優勢、你的強項，我相信在其他女學生眼裡，你是他們崇拜的人，不要讓自己有太多壓力哦！」

字字句句間能聽見羅恩的誇獎，戚冬雨害羞的笑了笑，說道：「嗯，每次聽完你的解釋，我的心裡豁然開朗，你真的是好人。」

「我才不想當好人咧，我是壞人。」羅恩俯首朝戚冬雨逼近幾分，熱熱的呼吸拂過她臉龐。

戚冬雨這才發現自己的處境，抓住他的臂膀想離開。

「現在才發現呀。」羅恩興味盎然地看著她慌慌張張，卻有點笨拙的模樣，明明只要稍微使點星能力攻擊他便能逃脫，她偏不做。

套一句伊維塔的話，就是笨蛋。

戚冬雨兩手推拒羅恩胸膛，「別胡說八道啦，快走開！」

「你倒可以直接攻擊我呀，我沒有動用星能量。」只使用男生的力氣。羅恩聳了聳肩，咧嘴一笑，刻意露出鋒利獠牙。他知道戚冬雨對於吸血族的獠牙有恐懼，因此故意露出來看她會有何種反應。

看見那顆獠牙的戚冬雨吞了吞口水，有些懼怕他會吸血，說出口的話卻是：「別鬧了，你是我朋友，我怎能打好朋友！」

羅恩露出「拿你沒辦法」的眼神，抽回手還給戚冬雨自由。他偏頭盯著她緋紅的側顏。

「看你神色慌張、手忙腳亂，我的心情莫名愉悅。」

「快點收集懷錶啦！」戚冬雨拔起腿往前走，裝作沒聽見他的瘋言瘋語。

接下來，兩人沒有聊半句話。戚冬雨主要搜索地面，羅恩有吸血族的羽翼，負責搜索上面，光從樹頂端就找到五十幾個懷錶。

「我們進度是否太慢？」

戚冬雨打開懷錶收集狀況，系統能顯示小組目前收集數量、查看目前名次，現在他們列在一百〇五名，一般ＡＢＣ等系約共有三百人，等於處在中間名次。

看似收集很多，實際名次狀況不佳。

「不用擔心，之後搶別人的就好。」拍動羽翼從樹梢飛下的羅恩輕鬆說道。

「哎?!」

「我聽學長姐說，比賽沒有規定不能搶別組的，所以一定有人會搶，有搶就有受傷的情況發生，這時候我們在去搶就好。」羅恩狡猾的笑了笑，像頭老奸巨猾的狐狸，「沒聽過螳螂捕蟬麻雀在後的典故嗎？」

「可是……」從沒欺騙、搶奪的戚冬雨很難接受需要在測驗時間搶別人辛苦收集的懷錶。知曉戚冬雨的猶豫，羅恩拍拍胸脯，「放心，我去搶就好。」

重點不是誰去搶，是不喜歡搶來搶去的行為！知道自己實力不足，戚冬雨沒有立場干涉羅恩的決定，只好祈禱在羅恩搶之前，他們找到一堆懷錶。

※※※

另一方面，收集懷錶十分順利的伊維塔和柯爾則非常的安靜，兩人平常鮮少聊天，即便是同個小組，組員們湊在一起，常常是羅恩和塞西冥兩人鬥嘴，偶爾會調侃柯爾，伊維塔很少和他們一起耍瘋癲。

也許是因為沒有話題能聊，兩人收集懷錶的速度非常快，短短一小時內，已經收集到兩百八十個，名次在五十名以內。

「伊維，你還好嗎？在擔心其他組員？」柯爾從測驗開始便注意到伊維塔心不在焉，頻頻看著系統學生名次表。

「沒什麼。」伊維塔搖頭，關上學生名次表，「我們進度超前，塞西冥和羅珞的狀況也不錯。」

柯爾自個兒也有看其他夥伴的情況，目前只有戚冬雨和羅恩這組進度緩慢。要不詢問冬雨他們需不需要幫忙？柯爾惦量已經收集到的懷錶，考慮送幾個給羅恩，決定撥一通電話過去。

走在前方的伊維塔沒注意柯爾聯繫戚冬雨和羅恩，等到他發現時，視頻已經接通了。

「哈囉，怎麼了？」畫面出現一張可愛又帶著傻氣笑容的戚冬雨。

柯爾默不作聲，像是想把溝通交給伊維塔負責。伊維塔壓根沒準備好和戚冬雨聊天，遲疑了一會兒，搖頭道：「沒事。」

「沒事幹嘛聯絡我們？」

伊維塔皺眉，「沒事不能說說話嗎？」

「伊維真可愛哦！」畫面旁邊突然擠進羅恩，一來就調戲伊維塔。

看著寬大的畫面中，兩人頭併靠著，羅恩的胳膊從背後環住戚冬雨的腰際，下巴好整以暇擱在肩窩，伊維塔只覺得胸口的無名火又燒起來，「閉嘴羅恩！還有你幹嘛靠在戚冬雨身上？你的手放哪?!」

站在旁邊的柯爾被伊維塔突來的火氣嚇了一跳，瞠目結舌無語。

反倒羅恩彷彿充耳未聞伊維塔的厲聲質問，用手掏掏耳朵，涼涼地說：「嗯？因為要擠進視訊畫面裡面。」

「對了，有人來搶你們的懷錶嗎？」戚冬雨邊說，邊扳開羅恩的手，順利逃脫。

「誰敢搶雷迪少爺的懷錶，除非是活膩了！」羅恩沒再對戚冬雨動手動腳，反正他的用意就是鬧伊維塔而已，凡事適可而止。

伊維塔仍不悅地瞪著羅恩，「你不說話沒人當你啞巴！」

「你們被搶了？」伊維塔看見戚冬雨脖子有條淺淺的血痕。畢竟只是測驗，崔西亞主任也說了，比賽規則絕對不能暴力搶奪、絕對不能出現傷亡，意思就是如果攻擊時，有造成對方嚴重受傷，會扣掉懷錶數量，小打鬥是可以接受的。

「哦，這不是啦，我剛才走路沒看路，不小心跌倒，被樹枝劃一筆。」誰叫他們現在正在爬坡，地上又一堆碎石頭。

這時羅恩及戚冬雨背後傳來一群學生的笑聲，伊維塔看不見後方人數，只見一支星能量轉化的箭矢從坡頂劃過戚冬雨的耳畔，削斷幾根髮絲，筆直朝伊維塔面前而來。

柯爾反射性大叫了聲，伊維塔一動也不動，箭矢穿過虛擬視頻，不知道跑哪去了。

「看來免不了一場大亂鬥。雖然小雨在虛度空間大放異彩，但還是有人想挑戰呢！」羅恩惋惜地看著戚冬雨參差不齊的頭髮，朝伊維塔拋句話就關掉視頻，「等等聊，我們迎來第一個顧客了。」

「他們應該不會有事，羅恩可以保護冬雨的。」柯爾從剛才的驚嚇回神，他知道任何人看見危險物迎面而來，本能反應都會嚇到，然而伊維塔臨危不亂，令人欽佩。

「我……也許吧。」伊維塔面有窘色，自己擔憂的表情那麼明顯嗎？居然連柯爾都看出來了。

「放心。」柯爾笑了笑，跑到前方樹下撿起懷錶收入耳環的空間內。

伊維塔邊走邊打開系統，叫出戚冬雨和羅恩的所在地點，發現他們人正在前往時間回收場的途中，不如晃去那邊看看。

「伊維，那邊發生什麼事情嗎？那道光……不是母腦的光芒嗎？」柯爾的聲音忽然打斷伊維塔的思緒。他揚起目光，順著柯爾指的方向看去。

晴朗的天空有抹藍色光芒劃過天際，如流星般急駛降下，朝東北方快速前進。

那個方向……伊維塔猛地瞪大眼，不就是時間回收場的附近嗎?!

難道戚冬雨和學生對戰發生什麼事情，緊急到需要母腦出動?!

※※※

「羅恩，你在哪?!」

戚冬雨趴在地上拼命壓著耳環，眼睛觀察四面八方，屏氣凝神注意有沒有人靠近這裡。

幾分鐘前，和伊維塔及柯爾聊天聊到一半，約有五個男女聯合的小組主動發射箭矢，惹得羅恩很不開心，原因是她的頭髮被削斷幾根。

戚冬雨哭笑不得，同時也很高興羅恩那麼保護自己。

對於主動挑釁的學生來說，羅恩最討厭，他搶懷錶也頂多當事人昏迷過去才搶，並不會主動對其他學生攻擊，一來，這種行為很沒品，二來，容易塑造敵人，就怕被搶的學生會聯合其他小組來攻打，因此他從不幹這種事情。

然而那群學生更過分，居然偷偷從外面帶進來規格小，較不具有殺傷力的煙霧彈，擾亂他們的視野。

幾番對戰下來，戚冬雨大概知道這群學生為何有膽子挑釁人，這些人都是利用這種方法搶奪別人的懷錶，一小時內登上系統排行榜的第一名。

在煙霧彈的干擾下，羅恩想進行空中攻擊也很困難，危急時刻，她和羅恩分散了，唯一慶幸的是懷錶並沒有被那群學生搶走。

過了許久沒等到羅恩的回覆，戚冬雨很擔心他是不是受傷還是出事了？想開口再喊一次，另一端便傳來羅恩喘氣的嗓音，「小雨，別擔心，等等開系統，找我的耳環代號可以查到我的位置！」

「嗯嗯！」戚冬雨馬上打開系統，搜尋羅恩的通訊代碼，連接到耳環代號，終於看見地圖某處出現一枚閃爍紅點。

一閃一閃的紅色光點在幾秒鐘後消失，她一陣錯愕，不死心再搜尋一次，依然得到相同的結果。起先以為是系痛訊號的問題，可是聯絡上伊維塔和柯爾沒有問題。

「伊維塔，我聯絡不上羅恩……」戚冬雨向伊維塔和柯爾簡單解釋事情經過。

「冬雨，你沒事吧？」正往戚冬雨和羅恩最後定位點趕過去的柯爾一接到她的通話馬上接起。

「放心，他應該是沒有受傷，否則早就被系統除名了。」伊維塔打量她後，鬆了口氣。除了灰頭土臉外，身上沒有特別嚴重的傷口。

為了維護學生的安全，一但學生受傷，系統會進行判別，提前定位將受傷學生傳送回崔西亞主任那邊。

「找不到羅恩的情況下，我還是繼續收集懷錶。」

組員並不需要集體行動，通常集體行動是怕有學生攻擊落單的學生，搶走懷錶，大家才喜歡一起行動。

然而沒有人能一起行動的戚冬雨，打算自立自強、盡全力收集懷錶。

就在戚冬雨準備關掉視頻，柯爾急忙攔住，「冬雨，不然你先跟我們一起，等等我們，我們馬上去找你！」

伊維塔沒有否認，朝戚冬雨點了點頭，嘗試聯繫戚冬雨耳環的定位訊號，可是情況有點不對勁，反覆點選聯繫鈕皆沒反應，地圖遲遲沒有顯示出她的紅點。

「咦，母腦這是要去哪？」柯爾看見藍光劃過天際，飛向出事地點的不遠處。

這時，戚冬雨看見正上空浮現一抹藍色光芒，從空中筆直降下束狀藍光，突然說：「啊等等再聊，母腦來了。」

伊維塔朝視頻看去，戚冬雨身後的確有藍光。是要調查剛才的事情嗎？

戚冬雨急忙掛掉視頻，卻漏關了音頻。另一邊的柯爾看見對方視頻關了，也跟著想關，卻聽見耳環內傳出戚冬雨和母腦的對話。

「你好……啊啊啊啊！」

話聲剛落，音頻裡就傳來戚冬雨淒厲的尖叫聲，接著砰咚一聲巨響，伴隨沙沙沙摩擦草皮的聲音。

柯爾和伊維塔渾身一震，馬上打開視頻，可惜戚冬雨關掉視頻留下音頻，沒有辦法確定現在的情況。

「馬上走，你還記得藍光降落在哪吧？」伊維塔張開龍族鮮紅色的羽翼，將柯爾扔到背上。

「我知道！」柯爾攀住伊維塔羽翼上的尖銳龍鱗，旋即羽翼搧動，飛上高空，這期間音頻依然播送戚冬雨和母腦間的對話。

「妳、妳做什麼?!」戚冬雨的聲音極為虛弱，看似被傷得嚴重。

愛莉佩絲發出令人膽寒的笑聲，「呵呵呵，做什麼？當然是趕走妳！誰叫妳和伊維塔的關係太好了，我絕對不容許發生這種事情！」

「我討厭妳、我忌妒妳，為什麼妳有身體?!而我只是個虛擬的人，妳不該存在在這裡，妳憑什麼搶走伊維塔，他是我的，誰也不准從我身邊搶走他！」音頻傳來愛莉佩絲憤恨的聲音，顯然就是個為愛瘋狂的女孩。

伊維塔越聽越震驚，愛莉佩絲跟在雷迪家族許久，從以前到現在，他和愛莉佩絲的相處就像朋友。

愛莉佩絲是何時喜歡上他的？為什麼他從未察覺?!

柯爾感到驚懼，對感情本就無感的他，壓根想不通為什麼愛莉佩絲為了感情要傷害另外一個無辜的人？冬雨是男生，不可能搶走伊維塔！

「永遠消失吧，礙眼的人！」愛莉佩絲這句話，彷彿要釋放最後大絕招，斷絕戚冬雨的性命。

「不——住手，愛莉佩絲！」高空飛馳的伊維塔憤怒大吼，爆出強烈的龍息星能量。

一束紅色火焰在高空炸開來，整片湛藍色天幕彷彿被火焚燒，宛如成千上萬的亡者血液傾倒在天空，變成血河。

第十章　累積光年的想念

「愛莉佩絲！」

找到地面上的兩人，伊維塔急速往前俯衝，將早已在手裡凝聚好星能量的朝愛莉佩絲前面拋射出去。

愛莉佩絲頓時要往前的步伐一頓，仰頭想看是誰敢攻擊自己，一見火紅色的龍族羽翼，她如做壞事被發現的小孩瞪大眼睛。

「哼！」她心一橫，攤開十隻手指頭對準方才僥倖躲過一劫的戚冬雨再次發動攻勢，一團水龍捲張牙舞爪包圍住戚冬雨，水浪波濤洶湧，連帶捲起周邊的風，雨水組成水風暴，吞噬掉阻礙。

這時，戚冬雨的身後出現黑得令人發慌的渦流，包圍住她的水風暴一步步推她進入黑洞。

「戚冬雨，不要再後退，那是蟲洞！」

忽然，她聽見高空傳來伊維塔龍吼的嗓音，抬頭想尋找身影，邊抗拒水風暴的力量，她不敢往後看蟲洞的模樣，以前曾在教科書上看過，蟲洞不知道連結到哪，很可能會永遠回不來，漂流在宇宙中。

愛莉佩絲那張輕蔑邪惡的笑容出現在視野內，戚冬雨迅速凝聚符文劍的劍光朝愛莉佩絲拋擲，卻直接穿過去。

「沒用的，我就是個虛擬透明的母腦，妳鬥不贏我，伊維塔也鬥不贏我。」提到伊維塔，愛莉佩絲用看愛人的眼神望著上空。

「愛莉佩絲，妳最好馬上住手，否則有妳好看！」在撞進森林前，伊維塔收起羽翼，改為徒步降落，減少羽翼被枝枒勾纏的狀況。

被拋出去的柯爾掉入茂密的森林，透過體內星能量減緩地心引力下墜的衝擊力。他趕緊四肢俐落攀住粗壯的枝幹。

「去吧，永遠消失。」

愛莉佩絲伸出纖纖玉手，擱在戚冬雨的肩頭，然後輕輕一推，就這麼跌入伸手不見五指，不知道哪裡是出口的蟲洞。

戚冬雨圓瞪著眼，眼前晃過愛莉佩絲陰險的笑容，以及伊維塔痛心的臉龐，和柯爾嚇傻的表情。黑暗籠罩視野，她感覺不到空氣、胸口被擠壓得難受。

最後，她受不了，失去意識。

※※※

「妳把戚冬雨傳去哪了？快說！」伊維塔目眥盡裂，揪住愛莉佩絲的領口，蕾絲領子唰的裂開。愛莉佩絲用著看陌生人般的眼神注視伊維塔，眼中有抹哀傷浮動。

「你找不到她的，我沒把她殺掉對你就不錯了，好歹她有生命領主的基因。」

這是第一次看見伊維塔那麼動怒，向來性子淡薄冷漠的少年居然有氣到抓狂的一面，讓人意外，也讓人心碎。如果伊維塔為了自己傷心難過該有多好。

伊維塔的指骨力道將嬌小身軀的愛莉佩絲提起，絲毫不憐香惜玉，「對，妳說他有生命領主基因，那妳就該知道戚冬雨對我們哈貝爾星球來說多重要，妳這樣是毀了我們！」

愛莉佩絲裝傻笑道：「毀？不會呀，我怎麼可能毀了你，你是我喜歡的人，我愛了好久的人。」一手撫上伊維塔的臉龐，「你的另外一半，只能由我來找。」

伊維塔嫌惡的別過臉，避開愛莉佩絲的觸碰，「所以妳為了『妳自己的愛』就把戚冬雨傳到不知名的地方？妳的愛我承受不起，太噁心了。」

「當然，哈哈哈！戚冬雨那個不要臉的傢伙，也不想想是誰能讓她在這裡讀書、吃好的穿好的。」愛莉佩絲的眼神轉為陰鷙。

「看到妳叛變，我終於明白一件事情。」伊維塔說：「一開始我還想不出妳的動機，訓練營的虛度空間是不是妳破壞的？那天妳有到澡堂對吧。」

在控制中心那天問完愛莉佩絲後，他就趁著母腦維修時間調出當天母腦行經路線的資料檔，才發現她說謊！

當時他想不透，為何愛莉佩絲要破壞虛度空間的平衡？阿利斯泰爾口中的「女人」是誰？為何要洗腦阿利斯泰爾偷走學生的耳環？這一切都有解答。

——追根究柢是一份男女間的情愛。

「沒錯！誰叫你要對戚冬雨那麼好，你不能喜歡她，我不允許！」忌妒的情緒使愛莉佩絲陷入癲狂。

「妳只是一台電腦，乖乖當妳的電腦就好，不該有任何想法，更不要控制我的想法和作為。」伊維塔鬆開手，緩慢的往後退，深呼吸壓下怒火，「我會告訴父親，妳背叛雷迪家族。」

愛莉佩絲對於伊維塔的威脅不以為懼，「去呀，不過呢……別忘了我是哈貝爾星球的中樞，我有能力毀了一個大家族，除非你們想滅族，還是我讓妳們四大家族自相殘殺好？」她掐著手指頭，將很嚴重的事情用無所謂的態度訴說。

「伊維，我喜歡你的聰明，你認為區區一個戚冬雨，四大家族會站在我這邊，還是你這邊？」

伊維塔怒得咬緊牙關，他當然懂其中的利弊，戚冬雨雖然有生命領主的基因，能拯救雷迪家族的繁衍子嗣問題，但死了一個，還能再找一個，廣袤的宇宙中，不只有戚冬雨一人有生命領主的基因，可是找起來需要時間。

四大家族也會認同愛莉佩絲的想法。

「柯爾，我們走。」伊維塔旋身，調頭就走。

「那冬雨呢？就這樣放過母腦？」柯爾知道事態不妙，當然也明白愛莉佩絲的話，可是就這樣不管冬雨好嗎？愛莉佩絲是傷害冬雨的兇手！

伊維塔沒有回答柯爾，而是停下腳步，拋了句話給母腦，「愛莉佩絲，我對妳很失望，妳背棄我對妳的信任！」

他有方法的，但絕對不是現在。等著瞧，愛莉佩絲，定會讓妳付出代價！

※※※

「嘎嘎嘎嘎！」

戚冬雨嚇了一跳，轉身想跑，然而鳥獸已經直飛過來。她趕忙把符文劍拋向上空，貫穿飛行中的異獸。只見鳥獸自空中急速墜落。

解決一隻！然而一口氣還沒鬆，卻又隻異獸企圖撲過來。戚冬雨雙足一跳，避開異獸鋒利的獠牙，身子在半空中騰空旋轉，手中符文劍向下拋擲。

符文劍俯衝而下，當場將異獸斬成兩半。

一、二、三，好，剩下三隻！

就在她鬆口氣，稍稍放鬆警惕時，另一隻異獸張口叼走她手中的符文劍，尖銳獠牙劃傷手背，頓時血流不止，異獸粗壯的尾巴狠狠掃向她。

砰！戚冬雨硬生生撞上光禿禿的草地，全身骨架彷彿都要散了。

周圍響起呼哧呼哧的吐息聲，戚冬雨臉色陡地鐵青。危急時刻兩手一揮，星能量凝化的刀光從指尖散出，瞬間轉化為火焰，大火立馬吞噬異獸。

解決兩隻。

接著，她快速伸長右腳，向上挑起，握住符文劍，一道銀光劃出半弧形的圓圈，從異獸口中穿入身體後半段。

「呼，累死人啦，這到底是什麼鬼地方！」解決完所有異獸的戚冬雨大字型躺在地上。

三天前，她正在收集期末考的懷錶時，先是被學生攻擊、和羅恩走散、接著又被母腦愛莉佩絲推入「蟲洞」。

醒來後，就在這顆鳥不生蛋的星球。

這顆星球看似不是荒星，尋找暫時避難洞穴時，有看見很多人遺留下來的武器、背包，她正大光明拿走值錢的武器配件，像是金鍊子、手套、毛外套、腕劍的拉繩、套子等等，觀察很久都沒有人來帶走，她便私自認定這是遺棄物。

既然有看見人跡遺留的物品，初步判斷這顆星球有人存在，但她迷路在森林走不出去。耳環系統電力充足，試圖聯繫卻連不上哈貝爾星球，有此推估這顆星球離哈貝爾有段距離，想要求救也沒辦法。

唉，伊維塔不知道怎樣了？失去意識前，她看見伊維塔心痛的表情，一定很擔心她吧？柯爾一定擔心得鬱鬱寡歡、羅恩不知道安不安全，自從出事分開後就沒聽到他的聲音、羅珞會不會擔心她到食不下嚥呢？塞西冥也不知道進度如何。

滿腦子都是組員們的情況，什麼時候能離開這顆星球仍未知。

儘管如此，來到這顆星球，連續幾日和異獸火拼後，她感覺體內的星能量很充沛，比在訓練場內每日練習，成長的還要快速，可能是真槍實戰的原因，五感也變得很銳利敏感，這座樹林時常被風吹拂，發出沙沙的聲音，傳入耳裡彷若耳語、嘻笑、奔跑。

萬物都有生命，這一刻她能清晰感受到有生靈存在，也因為如此，她才認定生命領主的能力有更進一步的覺醒，若能回哈姆斯檢測就知道結果了。

噠噠噠噠急促的足聲從林間傳來，戚冬雨立馬握緊符文劍，就見林中隱約有抹獸形身影如跳蚤般移動，這種速度她難以捕捉到移動軌跡。

緊握符文劍，她瞇眼蓄勢待發，就聽見林間傳來人類的聲音，接踵而來的是，一股沉重的氣息自背後吹拂，背脊瞬間發麻，酸臭味瀰漫周遭。

「喂，小心，快趴下！」

少年厲叱一聲，迎面朝戚冬雨衝來，一來是喝斥異獸、二來是提醒戚冬雨。

在林間，戚冬雨本就看不清楚異獸的模樣，既然眼前這位披戴黑色斗篷，包得密不透風的少年要收拾異獸，她乾脆就讓給他，反正剛才連續殺了四隻也累了。

不知怎的，那少年的嗓音備感耳熟。

戚冬雨聞聲趴地，五感依然處於警戒狀態，豎耳聆聽，注意後續情況。

匍匐在戚冬雨身後的異獸原以為少年要正面攻擊，立馬張開利齒正面迎擊，他雙足向後一跳，漂亮的旋轉一百八十度，從背後攻擊異獸，俐落貫穿。

戚冬雨極為欣賞少年的身手，看不出來能力那麼強。

「你沒事吧？」少年抽起插入異獸身軀裡的劍，那把劍是雙槍型的符文劍。

「沒事。」戚冬雨爬起來，雙眸緊緊盯著少年手中的雙槍型符文劍，「你居然也召喚得出符文劍？你有生命領主的基因？」

雙槍型符文劍只有擁有生命領主基因才能召喚出來，這就是上過課後，她拼命練習出來的成果。

「嗯？」少年詫異轉頭，「原來你知……」

他的聲音戛然而止，雙瞳發直般的注視對方，就像被暫停時間，一動也不動、一瞬也不瞬盯著與自己相似容貌的少女，這一刻眼中只存在對方的容貌，容不下別人。

然而，戚冬雨也是瞪大眼睛，一副見鬼般，雙唇打顫，「咿咿唔唔」結舌無語。

「哥哥……」

「冬雨……」

兩把符文劍同時落地，發出　噹清脆聲響，劍身映照兩人睽違已久的相擁。

「哥哥你去哪了，為什麼消失？我超難過的，一直沒有你的消息，很不願面對你可能死亡的消息，嗚嗚嗚……」戚冬雨緊緊抱住戚冬宇，眼淚嘩啦啦流下，鼻涕四流，馬上就把他的衣服弄濕。

戚冬宇緩慢訴說當天發生的事情，「對不起，那天我被一個叫吉恩家族的人帶走，後來海盜攻擊飛行船，輾轉後，我最後就在這裡醒來。這顆星球的訊號是封閉的，難以連上外界，我聽我朋友說你被哈貝爾星人帶走，一直想打聽妳的消息……」

「妹妹，我好想妳。」戚冬宇低頭親吻戚冬雨的額頭。

她扯住衣服，哀求道：「哥，我們回家好嗎？」

戚冬宇自然知道她口中的「家」是地球的家。他惋惜地嘆氣，「沒辦法了，吉恩家族有跟我說，已經動手把我在那邊的存在抹消。何況我們身分特殊，恐怕想回到地球，哈貝爾星人不會讓我們離開。」

由於生命領主優越的基因，形成現在這副局面。

戚冬雨不發一語，心裡很難過，可不得不接受現實。哥哥一定也很難過，她不該讓哥哥擔心。下定決心想安慰哥哥的戚冬雨抬起臉，正想說話，戚冬宇身後那片樹林間掠過一抹影子。

「是誰？別想跑！」戚冬雨眼眸一瞇，推開戚冬宇，拔腿狂奔想抓住那名偷窺之人。

可是那名神秘人卻一動也不動，戚冬雨當下沒有想很多，只想趕快抓住對方，忽略可疑的疑點。很快地來到神秘人身前，左手橫在對方脖子，套在手腕上的機關刀刃唰的出鞘。

這是她抵達這顆未知星球，用廢棄的武器臨時製作，哈姆斯文武兼具的教學模式，自然也會教導學生如何野外求生。

「冬雨、冬雨，妳幹嘛？」追來的戚冬宇發現妹妹和名黑色軍裝的男人對峙，忙出聲：「等等，是我認識的人！」

戚冬宇喊住那名黑色軍裝的男人，「德雷，收起你的風火鉤，不准傷害我妹妹！」

戚冬雨這才發現這位銀髮軍裝男不知何時拿著一根像是菸斗的武器，嘴含處有根鋒利、塗抹不明液體的尖針，對准她的左心口。

「想攻擊我？門都沒有，惦惦自己的斤兩。」軍裝男挽起唇角，戚冬雨煞那覺得，這抹笑有些毛骨悚然。

的確，如果不是哥哥，她早就被軍裝男喀擦了！

戚冬宇把妹妹拉到身後，彷若一個堅硬結實的護盾護著。

軍裝男看了搖了搖頭，用著惋惜的聲音說：「你這種行為真讓人難過，有了新的食物就跑去蹭別人。」

「你當我是你養的小狗嘛?!」

「嗯。」

「還嗯，平常我對你太好嗎？幫你潤關節又是按摩！」

軍裝男默不作聲，逕自轉身離開，邊走邊捶肩，一副很疲憊的模樣。

「德雷！站住，德雷！」戚冬宇拋下妹妹，衝上前搶過軍裝男手裡的一條藥膏，「你真的是……我來幫你上潤滑劑！」

「真乖。」軍裝男摸了摸戚冬宇的頭。

一連串的談話下來，戚冬雨真心覺得哥哥你現在這樣就很像小狗，哥，你有沒有面子啊！

之後聽哥哥說，這位軍裝男是人造人，被命名為德雷里克・AKX-0115・5091，是雷迪家族開發出來的新物種，是人造人族裡面實力最為堅強的一位，也就是幫忙哥哥打聽消息的朋友。

然而曾犯了錯被雷迪家族流放，前陣子被加穆找回去任職兵器軍團的小隊長，但是德雷里克拒絕了。

拒絕的原因不得而知，哥哥說好像是因為他自己的關係。畢竟哥哥的身分敏感，而德雷里克又喜歡黏在哥哥身邊。

後來，他們就住在這顆名為卡比星的星球，這顆星球訊號源只有在白天才會聯繫上，還必須使用卡比星專屬頻道，一來，卡比星人喜歡獨立生活，不喜歡每天有一堆商船來往，因此這裡價值昂貴的石英砂都由負責人開船運送到其他星球，請他們代售。

戚冬雨跟著哥哥回到他們的住所，他們居住在樸質的小鎮上，人很少，有一些同樣也是人造人，本質是機械打造，附有人工智慧，聲音很特別，沙啞又帶點機械僵硬的嗓音，此外身高也很高，當然比不上巨人族先天的優勢。

稍早前和異獸大戰後口乾舌燥，回到小鎮又走了一段長路，戚冬雨喉嚨很乾，於是向哥哥討了杯水。

這時，太陽穴被一個冰冷之物抵住。戚冬雨全身緊繃，驚聲尖叫：「你你你你幹嘛拿槍對準我?!」她什麼都沒做啊，只是叫哥哥幫忙倒一杯水而已，想喝水錯了嗎？

「我不喜歡。」

千萬不要說你是吃醋啊喂，戚冬雨內心嘟囔，有眼睛的人都看得出來，軍裝男把哥哥護得很好，佔有慾也挺大的。

她聽見德雷里克嘆口氣，話鋒一轉，「可是冬宇又喜歡妳這個平胸妹妹。」

戚冬雨臉部抽搐，好好一個女孩兒被批評平胸，這也不是她願意的啊！要不是需要裝扮男生生活能躲過不必要的麻煩，否則早就被抓去當母豬生孩子了……

屋內警報器滴滴滴滴滴響著，嚇壞了戚冬雨，因為這些天躲在山洞內生活，她在外圍找了幾個果實和繩索製造陷阱，只要有異獸觸碰到便會發出咚咚咚的聲音。

儘管陷阱的聲音和屋內警報器聲音不同，但是聽到那麼急促的聲音都會身心緊繃。

德雷里克外出查看，戚冬宇和戚冬雨坐在屋內補充水分，邊聊天邊等待德雷里克回來。

不一會兒，德雷里克進來了，劈頭就是：「找妳的。」

「是誰？」戚冬雨困惑。她是被愛莉佩絲推入蟲洞才來到這裡的，沒有人知道自己在哪，除非他們知道如何找人？下一秒，德雷里克的話驗證她的想法。

「雷迪家族的少爺，伊維塔。」

戚冬雨聞言驚詫，歡喜起身往外走，但是走了幾步便停下來，杵在門口一動也不動。

「妹妹……」戚冬宇擔憂起身，德雷里克有時候會駕駛飛船去其他星球採購日常用品，有帶回一些關於四大家族想透過戚家的大兒子研究解決繁衍問題，那時候他就想到一定是妹妹偽裝男性身分！

德雷里克察言觀色，從其他星球聽到的消息，也不清楚戚冬雨和四大家族相處是否愉快，便臆測，「是仇人嗎？我去幫妳解決。」

戚冬宇拿他沒辦法，輕輕拍了一下額頭，「德雷，你哪隻眼睛看到是仇人？」

「不要！我在想，現在一出去和伊維塔見面，我是不是就要和哥哥分開了？哥哥會跟我一起走嗎？」戚冬雨柔柔的聲音透出一抹哀傷。

老實說，看見哥哥還活著，而且平安生活在這顆星球，她很感動，有那麼一瞬間，想和哥哥就此留在這顆星球，過著平淡的生活，然後老死。

戚冬雨轉身看向戚冬宇，眼裡透露出不捨。

然而，戚冬宇嚴肅的搖了搖頭，說：「冬雨，我不能跟妳走，我一但跟妳走，勢必揭開妳是女兒身，我不想看見妳被哈貝爾星人爭相搶奪繁衍後代，我絕對不允許。」

他握住她的肩膀，凝視她快要哭出來的小臉，「妳繼續當戚冬宇，用我的身分努力活下去，這個世界只能有一個男性的戚冬宇！我沒辦法跟你交換，一旦交換很容易漏餡，我知道很委屈妳，哥哥也不想這樣做，但這是唯一的辦法。」

話聲落下，戚冬雨已經哭了出來。很少在哥哥面前哭泣，面臨分別時仍控制不住淚腺。只剩下唯一的親人，連親人也不能一起生活，她心真的好痛。

「我們在此道別，只要有機會、有時間，我會聯繫妳的，反正這顆星球在哈貝爾星系，只是地區偏遠了點，會有再見面的一天，總有一天我會變強，把妳帶回我身邊。」

戚冬宇的指腹抹去戚冬雨的眼淚，隨著他話越說越多、解釋越來越多、安慰越來越多，她哭得越兇了。

戚冬雨撲進戚冬宇的懷裡，壓抑的哭聲頃刻宣洩而出，「哥哥……哥哥，我也會努力，我會變得更強，掌握自己的命運！」

戚冬宇相信戚冬雨做得到的，因為他相信妹妹。他的小拇指勾住她的，「那就這麼說定囉，我們一起朝目標而努力！」

飛船內部休息區。

偌大的空間十分安靜，時間滴滴答答行走，前方投影片播放哈貝爾星球的娛樂新聞，美女主播介紹今日某位女星迎娶男人、某家族的夫人誕下第一胎等等，不論是哪個夫人誕下子嗣，對哈貝爾星人來說都是值得慶祝。

戚冬雨靜靜坐在沙發，有一口沒一口喝著飲料，這時，她惱怒的關掉電視，剛好被進來的伊維塔看見。

「妳幹嘛對遙控器發脾氣？腦袋燒壞了嗎？這是我的飛船，弄壞了定要妳賠。」伊維塔雙手插著口袋，站在旁邊。

「對不起……」戚冬雨自知有錯。

他挽唇笑道：「看來腦子真的燒壞了，真可憐。」按照往常的相處，通常唸她時，她幾乎置若罔聞，然後表情變化多端，內心不曉得把他罵多慘。

戚冬雨沒有回應，也沒有露出任何一絲表情，只是呆坐著，眼神如寧靜的死海。

這一副模樣讓伊維塔越來越不對勁，稍早前順著定位訊號找到戚冬雨時就這樣了，他以為她這幾天在卡比星球太疲憊而不想說話。

而且……他的目光停留在她脖子的擦痕，居然漏掉了，沒有擦藥，這個腦袋裝泥巴的無敵大笨蛋！

他心裡罵著，可嘴角不自覺上揚，連自己都沒發現。

察覺站在身邊的少年還沒離開，戚冬雨困惑抬起臉，正巧就看見他正在笑。心跳又一次小鹿亂撞，戚冬雨內心嘀咕：缺德的傢伙，笑那麼帥幹嘛，可惡，死面癱男也有笑的一天。

戚冬雨揚起眉毛，為了掩飾自己脫序的心跳，提高音量斥責道：「伊維塔，你太過分囉，說我腦袋燒壞就算了，居然還笑我，還是我臉上有什麼讓你覺得好笑嗎？」說著，她起身，整個人走上前，湊近。

一對上她紫羅蘭色的眼睛，伊維塔難為情的別過臉，「沒、沒什麼。」剛沐浴完的芳香飄入鼻間，伊維塔心跳如脫韁的野馬，喉頭也不自覺得滾動多次，不只如此，自從知道戚冬雨是……

正思忖的思緒猛地被戚冬雨拔高的音量打斷，就聽她絮絮叨叨地說：「我才要問你耶，我臉上有什麼嗎？你幹嘛一看見我的臉就要閃躲?!」

由於身高有差距，戚冬雨踮起腳尖，逼問般湊得更近，近得能感受到他的略顯急促的呼吸。

「我沒有。」伊維塔呼吸一窒，即便故作鎮定向後退，避開那雙能讓他心亂的眼眸和柔柔的呼吸，他的聲線早已洩漏此刻的慌亂。

「你有！」戚冬雨追了上去，只見伊維塔從桌子下搬出醫護箱，拿出一片薄薄的創可貼。

「你拿創可貼做什麼啦？換你腦袋燒壞嗎？想貼住我嘴巴？噗哈哈！」她啼笑皆非，那麼小片哪貼得住嘴啦！

驀地，脖子傳來輕微的力量，那片略微冰冷的創可貼已遮掩住傷痕。戚冬雨怔怔撫摸撫摸該處，用著傻氣視線瞅著伊維塔不放。

伊維塔臉上罕見浮現一抹暗紅。「閉嘴，妳這個無敵大蠢包！」他寬厚的手掌遮住鼻樑以下，羞赧轉身離去，邁開的長腿用前所未見的速度步出房間。

尾聲　不能說的祕密

明媚的太陽灑下暖和的光芒，依然是好天氣，講台上的歷史老師如同窗外的太陽，充滿朝氣，講得口沫橫飛。

鮮紅色眼眸稍稍朝右側掃去，那抹身材纖瘦的男孩——不對，是女孩正認真的聽講，握著筆的手不停寫寫寫，從上課開始沒有停下來過。

伊維塔對歷史課向來感到無趣，從小到大，父親雇用的家庭教師教導過哈貝爾星系的歷史，早已滾瓜爛熟，於是這堂課他通常都在發呆。

望著女孩那張可愛卻逐漸充滿英氣的臉龐，他的思緒逐漸飄遠——

回到期末考的那天，當戚冬雨被愛莉佩絲推進蟲洞，心跳彷彿停止，他不知道如何形容當下的感受，眼睜睜看著重要的人消失眼前，甚至有可能再也找不到，心中那面堅韌不摧的冷靜瞬間崩塌。

憤怒湧上心頭，他恨不得馬上殺死愛莉佩絲，但現實的是，愛莉佩絲的位置太重要了，他告訴自己要冷靜、要冷靜，絕對不能因此造成四大家族的動亂。

愛莉佩絲以為他沒有解決的辦法，錯了！他早已有辦法，而且是很狠的作法！

他暫時退出測驗，故意癱瘓母腦節點的某根神經，製造混亂，然後抵達總部，將母腦重啟。

重啟對一台擁有人工智慧的電腦來說很慘忍，消除愛莉佩絲的記憶與人格，既然母腦的人格並非靈魂本體，重啟後，人格不再存在。

重啟後的母腦會產生另外一個新的人格，性格、長相、性別都會變得和前一個不同。

至於父親後續質問為何要重啟消滅愛莉佩絲的人格，他只大概說明母腦和戚家的戚冬雨有點爭執，惡意在虛度空間製造混亂，已不配繼續擔任母腦。

起因於母腦神經元失控，造成一連串的混亂，校方肯定會答應補考，於是在解決完愛莉佩絲，他開始尋找戚冬雨的下落，沒把考試放在心上。

最重要的是，早在重啟母腦前，他把母腦的資料保存下來，在調閱母腦過去的紀錄中發現，母腦曾去過赫威家族，記錄著一件驚人的真相。

那位笑起來很可愛、傻裡傻氣、明明懦弱卻很勇敢保護同學、努力鍛鍊星能力、認真向上的同室友居然是女生！

原來他的性向正常，他對她會產生的反應也很正常。

想到這裡，伊維塔不自覺笑了下。這時，羅恩的嬉鬧聲拉回他的注意力，這才發現已經下課了。

羅恩環住戚冬雨的肩膀，煞是親密，「嘿，今天有聯誼，上次妳沒參與，這次為妳保留一個位置囉！」

伊維塔瞇起冷眸，推開椅子快速走向羅恩，行走的步伐及冰冷的表情霸氣滿分，連同班的男同學都看傻了眼。

「沒空，她要和我去訓練場。」伊維塔拽住戚冬雨的胳膊，拖到身前，然後雙手搭上她的肩膀，充滿佔有性的舉動令周邊圍觀的同學倒抽一口氣。

被人誤會是同性戀就算了，反正只要他知道自己喜歡的人是女孩子就夠了，伊維塔心裡很坦蕩。

塞西冥「哇」了聲，叼在嘴裡的葉草掉在地上，經過時間回收場的事故，柯爾漸漸明白，原來自己沒有看錯，伊維對戚冬雨照料得無微不至。

羅珞看了看戚冬雨，瞧了瞧抱在懷裡的餅乾，苦惱掙扎幾秒鐘後，繼續吃著餅乾。

「唉唷，伊維，你現在在唱哪齣戲？未免太霸道了吧，整天把人綁在身邊，小雨又不是你一人的。」羅恩咧嘴笑了笑，能感受到伊維塔迸射出來的冷意，可是他不怕！

伊維塔站得挺直，大大方方迎視回去，「我是組長，組長有權利管組員。」說罷，還挑了挑眉。

處在兩人之間的戚冬雨面容滾燙，尷尬的垂下頭，不太喜歡被一群人關注。她握住兩個少年的手，怯怯地揚起微笑，想減緩他們之間緊繃的對峙氣氛：「我們先去吃中餐好不好？肚子好餓。」

被那甜甜的笑容電到心坎，伊維塔如情竇初開的男孩，害臊的別過臉，只要每一次接觸到她那令人心跳失序的笑容，根本無法直視。

「嗯。」他佯裝鎮定應聲。

相反的，羅恩得了便宜還賣乖，直接五指緊扣戚冬雨，媚笑道：「好呀，咱們一起走。」

伊維塔使個「放手」的眼色給羅恩；羅恩也不遑多讓，邪氣十足回了個不放的笑容，總之他就是想跟伊維塔唱反調啦！

戚冬雨莫名其妙看著兩人，打算一人一邊將自己扛到餐廳嗎？她才想問羅恩唱哪齣戲咧，為什麼要頻繁挑釁伊維塔？

不過呢，他們再古怪，依然是開心果啦！她向教室內的夥伴喊道：「阿冥、柯爾、羅珞走囉！」

看見戚冬雨那麼開心，伊維塔也不想在破壞美好的氣氛。他盯著戚冬雨的側顏，漸漸出神——

儘管知道戚冬雨能幫助雷迪家族解決子嗣的問題，但他最後選擇隱瞞，燒毀母腦全數的資料，抹掉戚冬雨是女性的事實。

因為他終於明白戚冬雨為何要那麼努力，為的不想讓別人掌控自己的命運，所以他決定守護戚冬雨完成學業，守護他認可的組員。

從現在開始，他會守護在她身邊，最為她最強力的後盾——伊維塔默默在心底發誓。

【全文完】

後記

大家好，我是花鈴。有一段時間沒有與秀威合作了，很感激秀威這次提供這麼好的機會，讓這本書有幸亮相，興奮的是，能和Tamaki老師合作，推出限量簽名書，此生無憾，感覺我這輩子的好運都用光了（千萬不要！！！

這是第二本女扮男裝的故事，雖然與《決鬥吧！我的美男室友》題材一樣，請將它視為一個全新的故事，現實生活中的一些感觸讓我寫起這本書。

這兩本撰寫時間點相近，不過腦容量隨著年紀的增長，早已忘記是哪一本先寫（汗），姑且稱之為美男室友2.0。

小時候跟著爸爸常看一些外星世界的電影，例如早期的世界大戰電影。總在想如果哪一天地球被外星人支配，他們除了來掠奪資源，是否還會掠奪男性或女性呢？以作為外星人的需求使用。

現代的價值觀和環境已讓許多年輕人不生小孩，養自己都養不起了，許多人認為一個人生活會過得更好、更快樂，這點我不否認，但我的想法並不是如此。

若未來有一天，儘管科技再發達，想生再也生不出來，種族即將滅亡，對於大家族來說，傳宗接代變成是壓力的來源，只好往外尋找更多資源、更多能繁衍後代的方法。

如果真有那麼一天，我是不希望自己被當母豬啦哈哈哈哈！我想沒有人願意的。星河的女主角

後記

雖然處於美男環繞的世界，但是她必須有抗壓性、突破自己的命運，她在外星的生活是煎熬的，比決鬥的女主角還煎熬，該說星河的女主角快樂嗎？我覺得她不快樂，儘管有夥伴們的陪伴，男主角的認可，她只要處在這世界，仍然會遇到更多困境。

再來我覺得或許很久很久以後，人工智慧會帶領人類哈哈哈哈，就像電影魔鬼終結者裡面的人工智慧叛變，然後全部人類說再見。

感謝編輯齊安的不辭辛勞製作這本書，包容我這個龜毛拖稿的老毛病，還有聽我這話癆說些五四三的哩哩摳摳；感謝彈彈願意接下本書封面的重大任務，能和彈彈合作太開心了！！！

最後依舊要感謝的是喜歡花鈴的讀者們，有你們的背後支持與肯定，才有現在的花鈴：）

＊題外話，最近新開張ＩＧ，主要會發些寫作日常、作品資訊，有興趣的可以戳一下哦！

臉書粉絲團：花鈴x梨央

Instagram：hanalingxrio

要青春80　PG2571

要有光 FIAT LUX　　漫遊星河奮鬥錄

作　　者	花　鈴
責任編輯	喬齊安
圖文排版	蔡忠翰
封面插畫	Tamaki
封面設計	王嵩賀

出版策劃	要有光
發 行 人	宋政坤
法律顧問	毛國樑　律師
印製發行	秀威資訊科技股份有限公司 114台北市內湖區瑞光路76巷65號1樓 電話：+886-2-2796-3638　傳真：+886-2-2796-1377 http://www.showwe.com.tw
劃撥帳號	19563868　戶名：秀威資訊科技股份有限公司 讀者服務信箱：service@showwe.com.tw
展售門市	國家書店（松江門市） 104台北市中山區松江路209號1樓 電話：+886-2-2518-0207　傳真：+886-2-2518-0778
網路訂購	秀威網路書店：https://store.showwe.tw 國家網路書店：https://www.govbooks.com.tw
總 經 銷	聯合發行股份有限公司 231新北市新店區寶橋路235巷6弄6號4F 電話：+886-2-2917-8022　傳真：+886-2-2915-6275

出版日期	2021年6月　BOD一版
定　　價	260元

讀者回函卡

Printed in Taiwan

國家圖書館出版品預行編目

漫遊星河奮鬥錄/花鈴著. -- 一版. -- 臺北市：
要有光, 2021.06
面； 公分. -- (要青春 ; 80)
BOD版
ISBN 978-986-6992-72-8(平裝)

863.57 110007788